1904. Avril 20

COLLECTION DE M. S...

Manuscrits & Autographes

ÉDITIONS ORIGINALES

D'AUTEURS MODERNES

PEINTURES
DESSINS & ESTAMPES

MODERNES

DONT LA VENTE AURA LIEU

Les Mercredi 20, Jeudi 21 et Vendredi 22 Avril 1904

A L'HOTEL DROUOT, SALLE N° 8

à deux heures précises de l'après-midi

Par le ministère de Me **Georges BONNAUD**, Commissaire-Priseur,
23, Rue Le Peletier

Assisté de MM. **Ch. BOSSE,** libraire, et **MOLINE,** expert

PARIS

CH. BOSSE, LIBRAIRE
46, RUE LA FAYETTE

L. MOLINE, EXPERT
20, RUE LAFFITTE

1904

Imprimerie spéciale
de la Revue " *Art & Curiosité* ". 22, rue des Martyrs. — Paris
Atelier : 35-37, rue Saint-Lazare

Conditions de la Vente

La vente se fera au comptant.

Les acquéreurs paieront dix pour cent en sus du prix d'adjudication.

Les livres vendus devront être collationnés dans les vingt-quatre heures de l'adjudication. — Passé ce délai, ils ne seront repris pour aucune cause.

M. Bosse, libraire, et M. Moline, expert, chargés de la vente, rempliront les commissions qu'on voudra bien leur confier.

Ils se réservent la faculté, dans l'intérêt de la vente, de réunir ou de diviser les numéros du Catalogue.

ORDRE DE LA VACATION

LIVRES

Première vacation. — *Mercredi 20 avril.*

Nos 1 à 222.

Deuxième vacation. — *Jeudi 21 avril.*

Nos 223 à 395.

Livres en Lots.

Troisième vacation. — *Vendredi 22 avril.*

DESSINS ET ESTAMPES

Nos 1 à 197.

Manuscrits, Autographes

ÉDITIONS ORIGINALES DE

LIVRES MODERNES

Littérature et Beaux-Arts

1. ADAM (Paul). L'Année de Clarisse. Pointes sèches de Gaston Darbour. *Paris, Ollendorff*, 1897, in-12, broché, couv. ill.

   Edition originale. — Bel exemplaire.

2. ADAM (Paul) La Bataille d'Uhde. *Paris, Ollendorff*, 1897, in-12, broché, couv. ill.

   Edition originale.

3. ADAM (Paul). La Glèbe. *Paris, Tresse et Stock*, 1887, in-18 broché, couv. imp.

   Edition originale. — Bel exemplaire.

4. ADAM (Paul). Les Images sentimentales, 1 vol. — La Force, 1 vol. — L'Enfant d'Austerlitz, 1 vol. — La Ruse, 1 vol. — Au Soleil de Juillet, 1 vol. — *Paris, Ollendorff*, 1893, ens. 5 vol. in-12, brochés, couv. imp.

   Editions originales. — Envoi autographe signé de Paul Adam à Fernand Xau, sur le faux-titre du 1er ouvrage.

5. ALBUMS CARAN D'ACHE, Réunion de 10 albums, in-4°, et gr. in-4°, brochés, couv. imp.

   C'est à prendre ou à laisser. — Fantaisies. — Album Caran d'Ache (1er, 2e, et 3e). — Les Lundis du Figaro. — Les Lundis de Caran d'Ache. — Bric à Brac. — Carnet de chèques. — Histoire de Marlborough.
   Tous ces albums sont en premier tirage.

6. ALBUMS FORAIN. Réunion de 5 albums, in-8°, in-4° et gr. in-4°, brochés, couv. ill.

Les temps difficiles. — Rires et grimaces. — La Vie. — Album Forain, in-4°, publié par Plon. — Album Forain, gr. in-4°, publié par Simonis Empis.
Tous ces albums sont en premier tirage.

7. ALBUMS ILLUSTRÉS. Réunion de 13 albums divers, in-8°, in-4° et gr. in-4°, brochés, couv. ill.

Pour vos beaux yeux, par A. Guillaume. — Les Fêtes galantes, par Bac. — Paris et la Province, par Léandre. — L'Album : Léandre. — Guignols, par Hermann-Paul. — Hommage des artistes à Picquart. — Artistes et bourgeois, par Jossot. — Les Rats, par le même, etc.
Tous ces albums sont en premier tirage.

8. ALEXANDRE (Arsène). Honoré Daumier, l'homme et l'œuvre. Ouvrage orné d'un portrait à l'eau-forte, de deux héliogravures et de 47 illustrations. *Paris, Laurens*, 1888 ; gr. in-8°. — Gustave GEFFROY, Daumier. *Paris, Rouam*, s. d., plaq. in-4°. Ens. 2 vol. brochés, couv. imp.

Premier tirage. — Le 2e ouvrage, tiré à 300 exemplaires num., est illustré de reproductions dans le texte et à pleine page et de 2 eaux-fortes hors texte.

9. ALLAIS (Alphonse). A se tordre, histoires chatnoiresques, 1 vol. — Deux et deux font cinq, 1 vol. — Album primo-avrilesque, 1 vol. — Pour cause de fin de bail, 1 vol. — L'Affaire Blaireau, 1 vol. *Paris, Ollendorff et Revue Blanche*, 1891-1899 ; 4 vol. et 1 plaq. in 12, brochés, couv. imp.

Editions originales. — On y a joint : Tristan Bernard, Un Mari pacifique 1901. — X..., roman impromptu par George Auriol, Tristan Bernard, Georges Courteline, Jules Renard, Pierre Veber, s. d. Ces deux volumes sont en édition originale. — Ens. 7 vol.

10. ALMANACHS ILLUSTRÉS. Réunion de 11 almanachs de divers formats, de l'in-16 au grand in-8°, publiés de 1895 à 1903, brochés, couv. ill.

Almanach du Rire, 1901-1902. — Almanach du père Ubu, 1901. — Paris-Almanach, 1895, 1896, 1897. — Almanach des Poètes, 1896, 1897, etc.

11. ARDENNE (Jean d'). Notes d'un vagabond. Edition illustrée de compositions dans le texte par Henri Cassiers et d'une eau-forte de Félicien Rops. *Bruxelles, Kistemaeckers*, 1887, in-8, broché, couv. imp.

Edition originale avec le frontispice de Rops. Rare.

12. ARÈNE (Paul). La vraie tentation du grand Saint-Antoine. Contes de Noël, illustrés par Vollon, Bastien-Lepage, Léonce Petit, Sahib, G. Rochegrosse, Forain, etc. *Paris, Charpentier*, 1880 ; gr. in-8°, broché, couv. imp.

Edition originale. — On a joint à ce volume : « Les Grands Saints des petits enfants », un album in-4° obl., cart., avec 20 lithographies originales en teintes diverses, tirées en 2 tons.

13. ARIOSTE. Roland furieux, poème héroïque, traduit par A.-J. Du Pays, et illustré par Gustave Doré. Nouvelle édition. *Paris, Hachette et Cie*, 1888, in-fol., demi-rel. veau fauve avec coins, tr. rouges.

Edition ornée de 630 belles gravures sur bois, dessinées par Gustave Doré dont 80 tirées hors texte.

14. ART ET DÉCORATION. Revue mensuelle d'art moderne. *Paris*, 1897 ; gr. in-8°, cart. bradel demi-perc. grise, non rog., couv. cons.

Forme la première année de cette publication. — On y a joint les nos 1 à 6 et 10 et 11 de la 2e année.

15. ARTISTES CÉLÈBRES (Les). *Paris, Rouam*, 1886 1894 ; 12 fasc. de texte et 6 fasc. de gravures, gr. in-8°, brochés, couv. imp.

Exemplaires sur papier du Japon. — Cette collection comprend : Rembrandt, Raffet, Gérard Terburg, Bernard van Orley, Watteau, Fra Bartolomeo, Turner, Corot, les frères van Ostade, Callot, Velasquez, Eugène Delacroix.

On y a joint les fascicules suivants sur papier ordinaire : Henri Regnault, Les Clouet, Abraham Bosse, Philippe de Champaigne, Donatello, Les Brueghel, Phidias.

Ens. 25 fasc.

16. ASSELINEAU (Charles). Charles Baudelaire. Sa vie et son œuvre. *Paris, Lemerre*, 1869 ; in-12, cart. bradel demi-perc. blanche, non rog., couv. cons.

Edition originale, ornée de 4 portraits de Charles Baudelaire, dont 2 sont des eaux-fortes originales de Manet, et les 2 autres sont gravés par Bracquemond, d'après Gustave Courbet et Emile de Roy.

17. L'ASSIETTE AU BEURRE. *Paris*, de l'origine, Avril 1901 au 5 mars 1904 ; 135 nos en fasc.

Collection incomplète des nos 67 à 70, 76 à 89, 93, 106, 150 et 151.

18. ATLAS LAROUSSE ILLUSTRÉ. 42 cartes et 1158 reproductions photographiques. *Paris, Larousse*, s. d. ; 2 vol. in-4°, perc. grenat, fers spéciaux, tr. rouges (Rel. de l'éditeur).

Exemplaire à l'état de neuf.

19. AVENTURES merveilleuses de Huon de Bordeaux, pair de France et de la belle Esclarmonde ainsi que du petit roi de féerie Auberon, mises en nouveau langage par Gaston Paris. *Paris, Didot*, s. d., (1898) ; gr. in-8°, broché, couv. ill.

Premier tirage de cet ouvrage illustré de 1 couverture en couleurs, 12 grandes compositions hors texte en couleurs et d'encadrements en noir, reproduits d'après les dessins de Manuel Orazi.

20. BALZAC (H. de). Les contes drolatiques, colligez ez abbayes de Touraine et mis en lumière par le sieur de Balzac pour l'esbattement des pantagruelistes et non aultres. Neuviesme édi-

tion illustrée de 425 dessins par Gustave Doré. *Paris, Garnier*, s. d., in-8, broché, couv. imp.

Bel exemplaire.

21. BANVILLE (Théodore de) Nouvelles odes funambulesques, *Paris, Lemerre*, 1869 ; in-12, broché, couv. imp.

Edition originale ornée d'un frontispice dessiné et gravé à l'eau-forte, par Léopold Flameng.
Envoi autographe signé de l'auteur sur le faux-titre.

22. BANVILLE (Théodore de). Odes funambulesques. — Occidentales. — Idylles prussiennes. — Edition définitive. *Paris, Charpentier*, 1878, in-12, cart. bradel demi-perc. rose, tête rouge, non rog.

Bon exemplaire.

23. BARBEY D'AUREVILLY (J.) Mémoranda. Préface de Paul Bourget. *Paris, Rouveyre et Blond*, 1883; in-12, broché, couv. imp.

Réimpression du « Mémorandum » publié à Caen en 1856, ornée d'un portrait gravé à l'eau-forte par Abot.
Exemplaire tiré sur papier du Japon.

24. BARBEY D'AUREVILLY (J.). Les Œuvres et les hommes. Les Poètes, *Paris, Amyot*, 1862 (couv. factice), 1 vol. — Les Bas-bleus. *Paris, Palmé*, 1878, 1 vol. — Le Théâtre contemporain. *Paris, Frinzine*, 1887 : 1 vol. — Ens. 3 vol. in-12, brochés, couv. imp.

Editions originales.

25. BARBEY D'AUREVILLY (J.), Poussières. *Paris, Lemerre*, 1897 ; plaq. in-8°, brochée, couv, imp.

Recueil de poésies, dont quelques-unes sont inédites, tiré à 500 exemplaires num. sur papier de Hollande.

26. BARBEY D'AUREVILLY (J.). Rhythmes oubliés. *Paris, Lemerre*, 1897 ; plaq. in-8°, brochée, couv. imp.

Réimpression à 500 exemplaires num. sur papier de Hollande.

27. BARBEY D'AUREVILLY (J.). Dix eaux-fortes pour illustrer *les Diaboliques*, dessinées et gravées par Félicien Rops. *Paris, Lemerre*, 1886 ; in-18, tir. petit in-8°, en ff. dans un carton.

Epreuves du premier tirage, avec la lettre sur papier vergé.

28. BARBOU (Alfred). Victor Hugo et son temps. Edition illustrée de nombreux dessins inédits par Emile Bayard, Clerget, Fichel, Jules Garnier, Gervex, Giacomelli, Ch. Gosselin, J.-P. Laurens, Olivier Merson, Ed. Morin, Scott, Vogel, Zier, etc., et d'un grand nombre de dessins de Victor Hugo, gravés par Méaulle, *Paris, Charpentier*, 1886, gr. in-8°, broché. couv. ill.

29. BAUDELAIRE (Charles). Curiosités esthétiques, 1 vol. L'Art romantique, 1 vol. Edition définitive. — *Paris, Calmann Lévy*, 1858 ; 2 vol. in-12. — Charles Baudelaire, par A. de La Fizelière et Georges Decaux. *Paris*, 1868 ; in-18. Ens. 3 vol. brochés, couv. imp.

30. BAUDELAIRE (Charles). Les Epaves. — Pièces condamnées. — Galanteries. — Epigraphes. — Pièces diverses. — Bouffonneries. *Bruxelles*, 1874 ; in-12, broché, couv. imp.

Bel exemplaire avec sa couverture.

31. **BAUDELAIRE** (Charles). Les Fleurs du Mal. *Paris, Poulet-Malassis et de Broise*, 1857 ; in-12, demi-rel. mar. La Vallière foncé jans. avec coins, tête dor., non rog., couv. cons.

Edition originale. — Bel exemplaire contenant les pièces supprimées et auquel on a ajouté : 1° le frontispice de Félicien Rops pour les « Epaves » ; 2° *un billet autographe de Baudelaire*, au crayon : 3° *une lettre autographe du même à son ami Deroy* (1 p. in-8°) ; 4° *une poésie autographe signée de* MAURICE ROLLINAT, intitulée *Le Chat* (75 vers en 4 pp. in-8°).

32. BAUDELAIRE (Charles). Les Fleurs du Mal, précédées d'une notice par Théophile Gautier. Quatrième édition. *Paris, Michel Lévy frères*, 1872 ; in-12 demi-rel. veau violet avec coins, plats papier japonais, tête violette, non rog.

Edition ornée d'un portrait gravé sur acier par Nargeot. Exemplaire auquel on a ajouté : « Les Epaves », pièces condamnées, Bruxelles, 1874.

33. BAUDELAIRE (Charles). Œuvres posthumes et correspondances inédites, précédées d'une étude biographique par Eugène Crépet. Portrait et fac-simile de Charles Baudelaire. *Paris, Quantin*, 1887 ; in-8 broché, couv. imp.

Edition originale.

34. BAUDELAIRE (Charles). Les Paradis artificiels. Opium et Haschisch. *Paris, Poulet-Malassis et de Broise*, 1860, in-12, broché, couv. imp.

Edition originale. — Rare.

35. BAUDELAIRE (Charles). Souvenirs. — Correspondances. — Bibliographie, suivie de pièces inédites. *Paris, Pincebourde*, 1872, petit in-8 broché, couv. imp.

Edition originale.

36. **BAUDELAIRE** (Charles). Théophile Gautier, par Charles Baudelaire. Notice littéraire précédée d'une lettre de Victor Hugo. *Paris, Poulet-Malassis et de Broise*, 1859 ; in-12, demi-rel. chag. brun avec coins, tête dor., non rog.

Edition originale.
Exemplaire unique, composé d'épreuves imprimées d'un seul côté,

portant un grand nombre de corrections, d'annotations et de remarques de la main de Baudelaire, avec, à la fin, le bon à tirer, signé de lui. — Provient de la bibliothèque du comte de Mandre.

37. BAUDELAIRE DUFAYS (Charles). Salon de 1846. — Aux bourgeois. — A quoi bon la critique? — Qu'est-ce que le romantisme? — De la couleur. — E. Delacroix. — Des sujets amoureux et de Tassaert, etc. *Paris, Michel Lévy frères*, 1846; in-12, broché, couv. imp.

Edition originale. — De toute rareté, surtout avec la couverture.

38. BAUDELAIRE (Charles). Suite complète de 9 compositions de Odilon Redon, dessinées et gravées à l'eau-forte pour illustrer les Fleurs du Mal. *Bruxelles, Deman*, 1891, in-12, tir. petit in-8 en ff., dans un carton.

Suite rare tirée à 100 exemplaires. — Un des 80 exemplaires num. sur papier vélin, épreuves avant la lettre.

39. BAZIRE (Edmond). Manet, *Paris, A. Quantin*, 1884; in-8, demi-rel. chag. rouge jans., tête jasp., non rog., couv. cons.

Edition originale, ornée d'illustrations d'après les originaux, dans le texte ou à pleine page, et de 1 portrait et 10 eaux-fortes gravées par Guérard d'après les tableaux de Manet.

40. BECQUE (Henry). Théâtre complet. *Paris, Charpentier*, 1890; 2 vol. in-12 brochés, couv. imp.

Edition originale collective, renfermant : Sardanapale. — L'Enfant prodigue. — Michel Pauper. — La Navette. — Les Honnêtes femmes. — Les Corbeaux. — La Parisienne.

41. BEISSEL (Etienne). Fra Angelico de Fiesole, par Etienne Beissel, S. J., ouvrage traduit de l'allemand et précédé d'une introduction par Jules Helbig. Illustré de X planches et de nombreuses gravures dans le texte. *Paris et Lille, Desclée, de Brouwer et Cie*, s. d.; in-4°, broché, couv. imp.

Premier tirage.

42. BERGERAT (Emile) Enguerrande, poème dramatique, précédé d'une préface par Théodore de Banville, avec un portrait de l'auteur, gravé à l'eau forte par Henri Lefort, et deux compositions du statuaire Auguste Rodin, *Paris, Frinzine, Klein, et Cie*, 1884; pet. in-4, broché, couv. imp.

Exemplaire num. sur papier vélin.

43. BERGERAT (Emile). Théophile Gautier. — Entretiens, souvenirs et correspondance, avec une préface d'Edmond de Goncourt et une eau-forte de Félix Bracquemond, *Paris, Char-*

pentier, 1879, in-12 cart. bradel demi-perc. grenat foncé, non rog., couv. cons.

Edition originale. — On y a joint un autre exemplaire du même ouvrage, broché, couv. imp. (dos factice).

44. BERNARD (Tristan). Mémoires d'un jeune homme rangé, roman. *Paris, Revue blanche*, 1899 ; in-12 broché, couv. imp.

Edition originale. Rare.

45. BIBLIOTHÈQUE DE PHILOSOPHIE CONTEMPORAINE. *Paris, Alcan*, 1882-1897 ; 7 vol. in-8 et 5 vol. in-12, brochés, couv. imp.

Dr PIOGER. — La vie et la pensée. — SCHOPENHAUER. — De la quadruple racine du principe de la raison suffisante. — Aphorismes sur la sagesse dans la vie. — Essai sur le libre-arbitre. — Le fondement de la morale, etc.

46. BOIS (Jules). Le Satanisme et la Magie, avec une étude de J.-K. Huysmans. Illustrations de Henry de Malvost, *Paris, Chailley*, 1896; in-8, broché, couv. imp.

Bel exemplaire.

47. — BONNETAIN (Paul). Autour de la Caserne, *Paris, Havard*, 1885, 1 vol. — Amours nomades. *Paris, Charpentier*, 1888 ; 1 vol. — Ens. 2 vol. in-12, brochés, couv. imp.

Editions originales. — Envoi autographe signé de Paul Bonnetain sur le faux titre du 2e ouvrage (Nom gratté).

48. BONS CONTES (Les) ou les trois cents leçons de Lampsaque *Bruxelles, Kistemaeckers*, 1882 ; in-8, cart., couv. collée sur le cart., non rog. (Cart. de l'éditeur).

Recueil de contes grivois en vers, tiré à petit nombre, orné d'un frontispice gravé à l'eau-forte par Amédée Lynen. Chaque conte est orné de lettrines et le texte est entouré d'un encadrement en trois couleurs.
Un des 10 exemplaires tirés sur papier du Japon.

49. BOREL (Pétrus). Champavert, contes immoraux, par Pétrus Borel, le Lycanthrope. *Paris, Renduel*, 1833 ; in-8, cart. bradel demi-mar. vert avec coins, tête rouge, non rog., (Pouillet).

Edition originale. Très rare. (Petites taches et racc. à plusieurs pp.)

50. BOUCHOR (Maurice). Les Chansons de Shakespeare mises en vers français par Maurice Bouchor. *Paris, Chailley*, s. d. ; in-8 carré, cart. bradel demi-perc. gris perle avec coins, tête dor., non rog., couv. cons.

Edition originale. — Le texte est orné d'encadrements tirés en divers tons.

51. BOURGES (Elémir). Les oiseaux s'envolent et les fleurs tombent. *Paris, Plon et Nourrit*, s. d. (1893) ; in-12, broché, couv. imp.

Edition originale.

52. BOVET (Marie-Anne de) Confessions conjugales. *Paris, Lemerre*, 1899 ; in-12, broché, couv. imp.

Edition originale.
Exemplaire sur grand papier alfa.

53. LE CANARD SAUVAGE. *Paris*, de l'origine, 21 mars 1903 au 10 octobre 1903, 31 n^os^ en fasc.

Collection complète de tout ce qui a paru de cet intéressant journal illustré par nos meilleurs artistes.

54. CARICATURES. Réunion de 12 vol. in-12, in-8 et in-4, brochés, couv. ill.

La caricature et l'humour français au XIXe siècle, par R. Debberdt. — Les caricatures sur l'alliance franco-russe, par J. Grand-Carteret. — L'Affaire Dreyfus et l'image, par le même. — Cham au salon de 1870. — Album du Siège, par Cham et Daumier, etc.
Tous ces albums sont en premier tirage.

55. **CAS du Vidame** (Le) par l'Académicien d'Estampes, illustré par A. Robida. *Paris, Librairie illustrée*, s. d. ; plaq. gr. in-8, brochée, couv. imp.

Edition originale, ornée d'une cinquantaine de dessin de A. Robida.
Un des quelques exemplaires tirés sur papier du Japon, enrichi, sur une feuille de garde, *d'une belle et grande aquarelle originale de* A. ROBIDA.

56. CATALOGUES ILLUSTRÉS de ventes de tableaux et objets d'art, 4 vol. in-4 brochés, couv. imp.

Vente Henri Garnier, 1894. — Collection P. A..., 1897. — Collection du Chat noir, « Rodolphe Salis » 1898. — Collection Victor Desfossés, 1899.

57. CAZALS (F.-A.) Paul Verlaine. Ses portraits. — Préface de J.-K. Huysmans. Lettres de Félicien Rops, Ernest Delahaye, H.-A. Cornuty. Autographes de Paul Verlaine. *Paris*, 1896 ; plaq. in-4, brochée, couv. ill.

Illustré d'une vingtaine de reproductions de portraits de Paul Verlaine.
Exemplaire num sur papier de Hollande, avec un tirage à part, sur Chine, de 3 des gravures.

58. CENTAURE (Le). Rédigé par MM. Henri Albert, André Gide, A.-Ferdinand Herold, André Lebey, Pierre Louys, Henry de Regnier, Jean de Tinan, P. V. Avec la collaboration artistique de MM. L. Anquetin, Jacques-Emile Blanche, A. Charpentier, Charles Couder, Maurice Delcourt, Maxime Dethomas, Fantin-Latour, Charles Léandre, Gustave Leheutre, Félicien Rops (et de Maurice Besnard, Henri Héran, Charles Maurin, Armand Point, Paul Ranson). Et un autographe de M. José-Maria de Heredia. *Paris*, 1896, 2 vol. in-4, cart. percal., non rogné, couv. ill.

Publication littéraire et artistique, complète en 2 volumes, ornée de 10 estampes hors texte, lithographies, eaux-fortes, vernis mou, etc., et d'ornements dans le texte par Léandre, Félicien Rops, Albert Besnard, Paul Ranson, etc.
C'est dans cet ouvrage que se trouve la véritable édition originale du conte de Pierre Louys intitulé « Byblis ».

59. CHAMPFLEURY. Les chats, cinquième édition augmentée de planches en couleurs et d'eaux-fortes. *Paris*, *Rothschild*, 1870, in-8 carré, cart. toile grenat, dos et plats de la couv. collés sur le cartonnage. non rog.

Premier tirage de cette édition illustrée de 80 compositions par Viollet-le-Duc, Mérimée, Manet, Ribot, Delacroix, Lambert, Lorédan Larchey, etc. etc., dont 25 sont tirées hors texte.

60. CHAMPSAUR (Félicien). Entrée de clowns. — Dessins de Bac, Chéret, Detaille, Dupray, Lunel, Mars, Robida, Somm, Vierge, Willette, etc. *Paris*, *Jules Lévy*, 1885; in-12 broché, couv. ill.

Edition originale. — Envoi d'auteur signé sur le faux-titre.

61. CHAMPSAUR (Félicien). Masques modernes. Frontispice par Félicien Rops. *Paris*. *Dentu*, 1889, in-12, broché, couv. ill.

Edition originale. — Lettre autographe signée de l'auteur ajoutée.

62. CHATEAUBRIAND. Mémoires d'Outre-Tombe *Paris*; *Garnier*, *s. d.*, 6 vol. in-8, brochés, couv. imp.

Jolie édition illustrée de 48 portraits et figures sur acier tirés hors texte. Exemplaire à l'état de neuf.

63. CHERVILLE (Mis G. de). Les Quadrupèdes de la chasse, description, mœurs, acclimatation, chasse. — 30 eaux fortes sur zinc, en couleur, et 74 illustrations par Karl Bodmer, 1 vol. Les Oiseaux de chasse... 34 chromotypographies et 64 vignettes par E. De Liphart, 1 vol. *Paris*. *Rothschild*, s. d.; ens. 2 vol. in-12 carré, brochés, couv. imp.

On y a joint : Les races de chiens, histoire, origine, description, par Pierre Mégnin (les chiens de montagne, les dogues, les chiens d'appartement, etc.) avec 45 ill., 1881 : in-8, broché.

64. CHESNEAU (Ernest). L'œuvre complet d'Eugène Delacroix, peintures, dessins, gravures, lithographies, catalogué et reproduit par Alfred Robaut, commenté par Ernest Chesneau. Ouvrage publié avec la collaboration de Fernand Calmettes. *Paris*, *Charavay frères*, 1885 ; petit in-4° broché, couv. imp.

Ouvrage recherché, orné d'un portrait en héliogravure et de plus de 1.000 reproductions dans le texte.

On y a joint : Eug. Delacroix à l'Exposition du boulevard des Italiens, par Henry de La Madelène. *Paris*, 1864 ; plaq. gr. in-8, brochée, avec 1 portrait, 1 fac-simile d'autographe et 18 dessins gravés sur bois. — Eugène Delacroix, par Eug. Véron. *Paris*, *Rouam*, s. d., plaq. gr. in-8, en fl., couv. imp., avec 40 illustrations.

65. CLÉMENCEAU (Georges). Au Pied du Sinaï. Illustrations de Henri de Toulouse-Lautrec. *Henry Floury*, *Paris*. (1898); gr. in-8, broché, couv. ill.

Edition unique tirée à 380 exemplaires, ornée de 1 couverture, 10 lithographies hors texte et 6 culs-de-lampe par H. de Toulouse-Lautrec.

Exemplaire num. sur papier vélin, contenant une double suite, sur Chine et sur vélin, des lithographies.

66. COCORICO. Journal humoristique, artistique et littéraire. *Paris*, de l'origine, 31 décembre 1898, au n° 24, 30 décembre 1899 ; in-4°, cart. perc. verte, fers spéciaux. (Rel. de l'éditeur).

Journal illustré de nombreuses et belles compositions des meilleurs artistes contemporains : Mucha, Willette, Steinlen, Léandre, Calbet, Vogel, De Feure, Ch. Huard, etc.

67. COLLECTIONS BOREL, LEMERRE, GUILLAUME, Réunion de 18 vol. de divers formats.

Robert Scheffer, L'Ile aux Baisers, ill. de Foäche. — Frédéric Masson Napoléon et les femmes. L'Amour, ill. de Calbet. — Paul Adam, Le Vice filial, ill. de J. Dédina. — Prosper Castanier, La Courtisane de Memphis, ill. de Calbet. — J.-M. de Hérédia, La Nonne Alferez, ill. de Daniel Vierge. Alp. Daudet, entre les Frises et la Rampe. ill. de Marold et Picard, etc.
Exemplaires de premier tirage.

68. COLLECTION CHARAVAY. *Paris, Charavay frères*, 1879, 3 vol. in-12 carré, portraits et ill., brochés, couv. ill.

Charles Baudelaire et Alfred de Vigny, candidats à l'Académie, étude par Et. Charavay. — Prosper Mérimée, ses portraits, ses dessins, sa bibliothèque. étude par Maurice Tourneux. — Giulietta et Roméo, nouvelle de Luigi da Porto, traduction, préface et notes par Henry Cochin.
Exemplaires sur papier vergé.

69. COLLECTION GUILLAUME. Réunion de 9 vol. dont 7 vol. in-12 et 2 vol. in-16, brochés, couv. ill.

Alph. DAUDET, Premier voyage, premier mensonge, — Sapho, — Trente ans de Paris, — l'Evangéliste, — Souvenirs d'un homme de lettres. — Edm. et J. de GONCOURT, sœur Philomène. — E. ZOLA, La Faute de l'abbé Mouret. — Victor HUGO, Notre-Dame de Paris (2 vol. in-16).
Tous ces volumes sont des exemplaires de premier tirage.

70. COLLECTION POLYCHROME. *Paris, Charpentier et Fasquelle*, 1894-1900 ; 5 vol. in-12, brochés, couv. ill.

Un siècle de modes féminines (1794-1894), 400 ill. en coul. — Emaux et camées, par Théophile Gautier, 110 aquarelles de Henri Caruchet. — Lysistrata, d'Aristophane, 107 ill. en coul. par Notor. — Les chansons de Bilitis, de Pierre Louys, 300 grav. en noir et 24 pl. en coul. par Notor. — On y a joint : Les Demi-Cabots, dessins de H.-G. Ibels, texte de Georges d'Esparbès, A. Ibels, G. Montorgueil, etc.
Exemplaires de premier tirage.

71. COLOMBEY (Emile). Ruelles, salons et cabarets. Histoire anecdotique de la Littérature française. *Paris, Dentu*, 1892, 2 vol. in-8, brochés, couv. imp.

Edition originale.

72. COPPÉE (François). Œuvres complètes : Poésies, 2 vol. — Théâtre, 2 vol. — Prose, 2 vol. *Paris, Hébert*, 1885 ; 6 vol. in-8, brochés, couv. imp.

Illustré d'un portrait gravé par Léopold Flameng et de 12 gravures au burin par Boisson, Boutelié, Dubouchet et Jacquet, d'après François Flameng et Tofani.

73. COURBET (Gustave). Les Curés en goguette, avec six dessins de Gustave Courbet. — (Exposition de Gand de 1868).

Bruxelles, Lacroix, Verboeckhoven et Cie, 1868; plaq. in-8 brochée, couv. imp.

Edition originale de cette très rare petite plaquette, ornée de 6 dessins de Gustave Courbet, gravés sur bois et tirés hors texte.

74. COURTELINE (Georges). Un client sérieux. *Paris, Flammarion*, s. d.; in-12, broché, couv. ill.

Edition originale.

75. CROS (Charles). Le Coffret de Santal. *Paris, Lemerre*: *Nice, Gay et fils*, 1873; in-12, demi-rel. chag. bleu avec coins, tête dor., non rog., couv. cons.

Edition originale. — Bel exemplaire.

76. CROS (Charles). Le Coffret de Santal. *Paris, Tresse*, 1879; in-12, broché, couv. imp.

Deuxième édition renfermant une quarantaine de pièces nouvelles. — Bel exemplaire.

77. **CROS** (Charles). Le Fleuve. Eaux-fortes d'Edouard Manet. *Paris, Librairie de l'Eau-forte*, 1874, plaq. pet. in-4, cart., non rog., couv. cons.

Edition originale, tirée à 100 exemplaires num. signés par l'auteur et l'artiste, illustrée de 8 eaux-fortes originales d'Edouard Manet.
Exemplaire auquel on a ajouté *deux lettres autographes, l'une de Charles Cros, l'autre de Manet, relatives au livre.* — De toute rareté.

78. CROS (Charles). La Vision du grand canal royal des deux mers, par Charles Cros. *Paris, Lemerre*, 1888; plaq. in-12 carré, brochée, couv. imp.

Edition originale.
Plaquette rarissime, tirée à très petit nombre et imprimée en bleu avec encadrement de filets rouges.

79. CROS (Henry) et Charles HENRY. L'encaustique et les autres procédés de peinture chez les Anciens. Histoire et technique. *Paris, Rouam*, 1884; figg. — G. FRAIPONT. Eau-forte, pointe-sèche, burin, lithographie. 50 dessins techniques et explicatifs de l'auteur. *Paris, Laurens*, s. d.; ens. 2 vol. in-8, brochés, couv. imp.

80. DARZENS (Rodolphe). L'Amante du Christ. Scène évangélique, en vers. Préface de E. Ledrain. Frontispice gravé par Félicien Rops. *Paris, Lemerre*, 1888; plaq. pet. in-8, brochée, couv. imp.

Edition originale, ornée d'un beau frontispice par Félicien Rops.

81. DAYOT (Armand). Charlet et son œuvre. 118 compositions lithographiques, peintures à l'huile, aquarelles, sépias et dessins inédits. *Paris, Librairies-Imprimeries réunies*, s. d.; plaq. gr. in-8, broché, couv. ill. (Dos cassé.)

82. DAYOT (Armand). L'Invasion. — Le Siège. — La Commune. — 1871. — D'après des peintures, gravures, photographies, sculptures, médailles, autographes, objets du temps. *Paris, Flammarion*, s. d., gr. in-4° obl., en 23 fasc. brochés, couv. ill.

Premier tirage.

83. DAYOT (Armand). Journées révolutionnaires — 1830-1848 — ; d'après des peintures, sculptures, dessins, lithographies, médailles, autographes, objets... du temps. *Paris, Flammarion*, s. d. ; album, in-4 obl., perc. rouge, non rog., couv. cons.

Premier tirage. — Illustré de plus de 500 reproductions d'après les originaux de l'époque.

84. DAYOT (Armand). Napoléon raconté par l'Image, d'après les Sculpteurs, les Graveurs et les Peintres. *Paris, Hachette*, 1895, in-4°, demi-rel. chag. rouge avec coins, tête dor., non rog., couv. cons.

Premier tirage. — Orné de 500 reproductions, dont 22 grands sujets hors texte, en héliogravure, d'après les originaux.

85. DAYOT (Armand). La Révolution française, d'après 2.000 illustrations du temps, sous la direction de M. Armand Dayot. *Paris, Flammarion*, s. d., 6 part. en 1 vol. in-4° obl., cart. perc. grise, non rog., couv. cons.

Premier tirage.

86. DELACROIX (Eugène). Journal d'Eugène Delacroix (1823-1863), précédé d'une étude sur le maître par Paul Flat. Notes et éclaircissements par Paul Flat et René Piot. *Paris, Plon et Nourrit*, 1893-1895 ; 3 vol. in-8°, brochés, couv. imp.

Edition originale. — Ornée de 3 portraits, dont 2 en héliogravure, le troisième, gravé à l'eau-forte, par Paul Colin.

87. DELACROIX (Eugène). Lettres de Eugène Delacroix (1815 à 1863), recueillies et publiées par M. Philippe Burty, avec facsimile de lettres et de palettes. *Paris, Quantin*, 1878, gr. in-8, broché, couv. imp.

Tiré à petit nombre, orné d'un portrait de Delacroix, gravé à la manière noire par Fr. Villot en 1847, d'après une peinture de Delacroix, de 10 facsimile hors texte de lettres autographes et de 3 palettes du maître, imprimées en chromolithographie.

Un des 50 exemplaires num. sur papier de Hollande, avec le portrait en 2 états : avant la lettre, en bistre, et avec la lettre, en sanguine.

88. DELATRE (Auguste). Eau-forte, pointe-sèche et vernis mou. Préface de Castagnari ; lettre de Félicien Rops. Gravures inédites de F. Rops, H. Somm, A. Point et Delâtre. *Paris, Lanier et Vallet*, 1887 ; plaq. gr. in-8, brochée, couv. imp.

Plaquette rare, tirée à petit nombre et ornée de 6 planches originales, dont un beau vernis-mou de Félicien Rops.

89. DELESTRE (J.-B.). Physiognomonie. Texte, dessin, gravure, par J.-B. Delestre. *Paris*, *Renouard*, 1866, gr. in-8°, broché, couv. imp.

Premier tirage de cet ouvrage contenant 539 figures intercalées dans le texte.

90. DELVAU (Alfred). Les Cythères parisiennes. Histoire anecdotique des Bals de Paris, avec 24 eaux-fortes et un frontispice de Félicien Rops et Emile Thérond. *Paris*, *E. Dentu*, 1864, in-12, broché, couv. ill.

Edition originale, ornée de 1 frontispice par F. Rops et de 24 vignettes à mi-page par F. Rops et Thérond, tirées sur papier de Chine et rapportées dans le texte.

91. DEMOLDER. Félicien Rops. — Etude patronymique par Eugène Demolder, avec quelques reproductions brutales de devises de Rops. *Paris*, *Pincebourde*, 1894; gr. in-8, broché, couv. imp.

Tiré à petit nombre et orné de 10 reproductions sur papier de Chine.
Un des 50 exemplaires num. sur papier du Japon, avec une triple suite des illustrations, sur Chine volant : en noir, en bistre et en sanguine.

92. DEMOLDER (Eugène). Quatuor, avec une couverture et trois croquis de Félicien Rops et treize ornementations d'Etienne Morannes. *Paris*, *Mercure de France*, 1897; in-12, broché, couv. ill.

Edition originale. — Envoi d'auteur signé sur le faux-titre.
On y a joint : Les Ropsiaques, par Pierre Caume, s. l., vers 1890; (Londres, imp. Hirsch, 1898), tiré à 100 exemplaires num. sur papier vert.

93. DENISE (Louis). La merveilleuse doxologie du Lapidaire. *Paris*, *Mercure de France*, 1893; in-16 carré, broché, couv. imp.

Edition originale, tirée à 99 exemplaires seulement.
Un des 6 exemplaires num. sur papier impérial du Japon.

94. DESCAVES (Lucien). La Colonne. Récit du temps de la Commune. 150 illustrations de Hermann Paul. *Paris*, *F. Juven*, gr. in-8. broché, couv. imp.

Edition de grand luxe, tirée à 300 exemplaires, illustrée de 150 dessins de Hermann Paul, dans le texte, à pleine page, ou hors texte.
Exemplaire num. sur papier vélin.

95. DESCAVES (Lucien). Sous-offs, roman militaire. *Paris*, *Tresse et Stock*, 1889, in-12, cart. bradel demi-perc. brune, tête jasp., non rog., couv. cons.

Edition originale. — Bel exemplaire.

96. DESCAVES (Lucien). Une vieille rate. *Bruxelles*, *Kistemaeckers*, 1883; in-18, portr. — La Cage, pièce en un acte, *Paris*, *Stock*, 1898. — La Clairière (en collaboration avec Maurice Donnay), comédie en cinq actes, en prose. *Paris*,

Revue Blanche, 1900. — La Colonne, *Paris, Stock*, 1902. — Ens. 2 vol. et 1 plaq. in-12, et 1 vol. in-18, brochés, couv. imp.

Editions originales.

97. DESTRÉE (Jules). L'Œuvre lithographique d'Odilon Redon. — Catalogue descriptif par Jules Destrée. *Bruxelles, Deman*, 1891 ; in-4°, broché, couv. imp.

Orné d'un frontispice gravé à l'eau forte.
Tiré à 75 exemplaires num. sur papier de Hollande, avec double épreuve du frontispice : bistre et sanguine.

98. DÈZE (J.-L.). Suite de 20 aquarelles originales, représentant en caricature les principales scènes du théâtre de Victor Hugo, gr. in-8, en ff.

Très curieux dessins satiriques, dont quelques-uns assez légers.

99. DIABLE A PARIS (Le). Paris et les Parisiens. Mœurs et coutumes, caractères et portraits des habitants de Paris. Tableau complet de leur vie privée, publique, politique, artistique, littéraire, industrielle, etc., etc. Texte par MM. G. Sand, P.-J. Stahl, Gozlan, Soulié, Nodier, Briffault, de Balzac, A. Karr, Méry, G. de Nerval, A. Houssaye, Th. Gautier, O. Feuillet, A. de Musset, etc., précédé d'une histoire de Paris par Th. Lavallée. Illustrations : Les Gens de Paris, séries de gravures avec légendes par Gavarni. — Paris comique, vignettes par Bertall. Vues, monuments, édifices particuliers, lieux célèbres et principaux aspects de Paris, par Champin, Bertrand, Daubigny, Français. *Paris, Hetzel*, 1845-1846, 2 vol. gr. in-8, demi-rel. chag. vert foncé, dos orné, tr. jasp. (Rel. de l'époque).

Humoristique ouvrage illustré d'une multitude de vignettes sur bois intercalées dans le texte et de 212 planches hors texte gravées sur bois, d'après Gavarni et Bertall.
Bon exemplaire du premier tirage.
On y a joint : Les Fleurs animées. Introduction par Alph. Karr. — Texte par Taxile Delord. *Paris, de Gonet*, s. d. ; 2 tom. en 1 vol. gr. in-8, demi-rel. chag. rouge, tr. jasp., 2 front. et 50 planches gravés et coloriés.

100. DIABLE A PARIS (Le). Paris et les Parisiens à la plume et au crayon, par Gavarni, Grandville, Bertall, Cham, Dantan, Clerget, Balzac, O. Feuillet, A. de Musset, G. Sand, P.-J. Stahl, G. Droz, E. Sue, etc. *Paris, Hetzel*, 1868-1869 ; 4 vol, gr. in-8°, brochés, couv. ill.

Premier tirage de cette nouvelle édition, illustrée d'un millier de dessins, dont 550 par Gavarni et 450 par Grandville, Bertall, Cham, etc. — Bel exemplaire.

101. DRIOUX (l'abbé). Les Fêtes chrétiennes. Ouvrage illustré de quatre chromolithographies, trente-et-une gravures sur acier, tirées en bistre, quarante compositions sur bois, hors texte, imprimées en couleurs, vignettes, têtes de pages, lettres ornées et fins de chapitres. *Paris, Jouvet et Cie*, 1880 ; gr. in-8°, broché, couv. imp.

Premier tirage.

102. DUBUT DE LAFOREST. Le Rêve d'un viveur. Illustrations de Jean Béraud, Boutet, Dillon, Feyen-Perrin, G. Fraipont, Lebourgeois, Henri Pille, H. Rivière, Steinlen, Willette, etc. *Paris, Rouveyre et Blond*, 1884; in-8°, portr. et vignettes, demi-rel. chag. bleu foncé jans., tête dor., non rog., couv. cons.

Edition originale.
Exemplaire sur papier du Japon.

103. DURET (Théodore). Histoire d'Edouard Manet et de son œuvre, avec un catalogue des peintures et pastels. *Paris, Floury*, 1902; gr. in-8, broché, couv. ill.

Ouvrage illustré de 23 planches hors texte, dont plusieurs en couleurs, ainsi que la couverture, et de nombreuses reproductions dans le texte.
Exemplaire sur papier vélin.

104. ECRITS POUR L'ART (mensuels). *Paris*, 1887; 6 fasc. pet. in-8 brochés, couv. imp.

Tout ce qui a paru de cette revue littéraire contenant des nouvelles et des poésies de Stéphane Mallarmé, Stuart Merrill, Henri de Régnier, René Ghil, Georges Vanor, etc.

105. EPHRUSSI (Charles). Albert Dürer et ses dessins. *Paris, Quantin*, 1882; in-4, broché, couv. imp.

Important ouvrage contenant de nombreuses gravures dans le texte et hors texte.

106. ESPARBÈS (Georges d'). La Légende de l'Aigle (poème épique en vingt contes). *Paris, Dentu*, s. d. 1 vol. — Les Demi-Solde, roman épique. *Paris, Flammarion*, s. d., 1 vol. — Ens. 2 vol. in-12, brochés, couv. imp.

Editions originales.

107. ESTAMPES JAPONAISES. Collection de 104 belles estampes japonaises, en couleurs, par différents artistes, en 1 album pet. in-fol., demi-rel. veau grenat foncé.

Belles pièces dont la plupart sont de format in-4°.

108. FLAUBERT (Gustave). Correspondance (1830-1880). *Paris, Charpentier et Cie*, 1887-1893, 4 vol. — Lettres de Gustave Flaubert à George Sand, précédées d'une étude par Guy de Maupassant. *Paris, Charpentier et Cie*, 1889; 1 vol. Ens., 5 vol. in-12, brochés, couv. imp.

Les 2 derniers volumes de la « Correspondance » sont en édition originale.

109. FLAUBERT (Gustave). Madame Bovary. Mœurs de Province. *Paris, Michel Lévy frères*, 1857; 2 vol. in-12, brochés, couv. imp.

Edition originale. Rare
Bel exemplaire.

110. FLAXMAN. L'Enfer du Dante. — Le Purgatoire... — Le Paradis..... — Recueil de compositions gravées au trait par Réveil. *Paris et Bruxelles*, 1833 ; in-8 obl. en fasc., couv. imp.

110 compositions de Flaxman gravées au trait par Réveil. — Premier tirage.

111. FLEUR (la) lascive orientale. Contes libres inédits traduits du mongol, de l'arabe, du japonais, de l'indien, du chinois, du persan, du malay, du tamoul, etc., avec une eau-forte de F. Rops. *Oxford*, 1882 ; pet. in-8, broché, couv. imp.

Volume tiré à 500 exemplaires, sur papier vergé, « pour les membres de la Bibliomaniac Society », orné, en frontispice, d'une belle eau-forte originale de Félicien Rops.

112. FLOR O'SQUARR (Ch.-M.). Les Fantômes. *Paris, Jules Lévy*, 1885 ; in-12 broché, couv. imp.

Edition originale.
Un des rares exemplaires sur papier de Hollande.

113. FORAIN (J.-L.). La Comédie parisienne. 250 dessins, *Paris, Charpentier et Fasquelle*, 1892, 1 vol. — Doux pays, 189 dessins, *Paris, Plon*, s. d., 1 vol. — Ens. 2 vol. in-12, brochés, couv. ill.

Editions originales.

114. FORT (Paul). Ballades. La Mer. Les Cloches. Les Champs. Edition ornée de bois originaux de Maurice Dumont, Ch. Huard, Maurice Delcourt et Alfred Jarry. *Paris*, 1896 ; plaq. pet. in-8 carré, brochée, couv. imp.

Envoi autographe signé de l'auteur à Edmond de Goncourt.

115. FOURNIER (Edouard). Histoire des Enseignes de Paris, revue et publiée par le Bibliophile Jacob, avec un appendice par J. Cousin. *Paris, Dentu*, 1884, pet. in-8, broché, couv. imp.

Premier tirage. — Illustré d'un frontispice dessiné par L.-E. Fournier, de 84 gravures sur bois et d'un plan.

116. FRANCE (Anatole). Histoire contemporaine : l'Orme du mail, 1 vol. — Le Mannequin d'osier, 1 vol. — L'Anneau d'améthyste, 1 vol. — M. Bergeret à Paris, 1 vol. *Paris, Calmann Lévy*, 1897-1903. Ens. 3 vol. in-12, brochés, couv. imp.

Editions originales. — Le « Mannequin d'osier » porte, sur le faux-titre un envoi autographe signé d'Anatole France à André Vervoort.

117. **FRANCE (Anatole)**. Jocaste et le Chat maigre. *Paris, Calmann Lévy*, 1879, in-12, broché, couv. imp.

Edition originale. Rare.
Bel exemplaire.

118. FRANCE (Anatole). Nos Enfants. Scènes de la ville et des champs. Illustrations de M. B. de Monvel. *Paris, Hachette*,

1887 ; pet. in-4°, cart. demi-perc. verte avec coins, tr. jasp. sur fausses marges. (Rel. de l'éditeur).

Edition originale de cet album devenu très rare. Illustré de nombreuses vignettes en noir dans le texte et de 24 planches en couleurs hors texte, dessinées par Boutet de Monvel.

119. FRANCE (Anatole). Opinions sociales (Conte pour commencer l'année. — Crainquebille, etc.), 1902, 2 plaq. — Discours de réception, 1897, 1 plaq. — Exposition Steinlen, 1903, 1 plaq. — Les œuvres de Bernard Palissy, publiées d'après les textes originaux avec une notice par Anatole France, 1880, 1 vol. — Ens. 4 plaq. et 1 vol. in-12, brochés, couv. imp.

Editions originales.

120. FRANCE (Anatole). Pierre Nozière, *Paris, Lemerre*, 1899, 1 vol. — Clio, ill. de Mucha. *Paris Calmann-Lévy*, 1900. 1 vol. — Histoire comique, *Ibid., id.*, s. d.; 1 vol. Ens. 3 vol. in-12 brochés, couv. imp.

Editions originales (Le 1er ouvrage est débroché).

121. FROISSART. Histoire et chronique mémorable de Messire Jehan Froissart, revue et corrigée sur divers exemplaires et suivant les bons auteurs, par Denis Sauvage, de Fontenailles en Brie. *Paris, Gervais-Mallot*, 1674; 4 tom. en 1 vol. in-fol., veau brun, dos orné, tr. jasp. (Rel. anc.).

Ex-libris J.-J. de Saint-Rome Gualy, évêque de Carcassonne.

122. GAUTIER (Théophile). Le Capitaine Fracasse, illustré de 60 dessins de Gustave Doré tirés en planches hors texte. — Nouvelle édition. *Paris, Charpentier*, 1892, gr. in-8, cart. demi-perc. rouge, non rog. couv. cons.

123. GAUTIER (Théophile). Les Grotesques. *Paris, Desessart*, 1844, 2 vol. in-8, cart. demi-perc. brune, tr. jasp.

Edition originale.

124. GAUTIER (Théophile). Honoré de Balzac. Edition revue et augmentée, avec un portrait gravé à l'eau-forte par E. Hédouin. *Paris, Poulet-Malassis*, 1859, in-12, broché, couv. imp.

Première édition française, ornée d'un portrait de Balzac, gravé par Hédouin, et de 3 ff. de fac-simile d'autographes.

125. GAUTIER (Théophile). Ménagerie intime. *Paris, Lemerre*, 1869; in-12, broché, couv. imp.

Edition originale.
Exemplaire sur papier vergé.

126. GAUTIER (Théophile). La Peau de Tigre. *Paris, Souverain*, 1852; 3 vol. in-8, brochés, couv. imp.

Edition originale (Dos factices).

127. GAUTIER (Théophile). Poésies qui ne figureront pas dans ses œuvres précédées d'une autobiographie, ornée d'un portrait singulier. *France, Imprimerie particulière*, 1873; in-12, demi-rel. mar. olive foncé avec coins, tête dor., non rog., couv. cons.

Edition tirée à petit nombre sur papier vergé. Le portrait est la reproduction de celui gravé à l'eau-forte par H. Valentin d'après un portrait-charge publié dans le Panthéon charivarique en 1838.

128. GAUTIER (Théophile). Spirite, nouvelle fantastique. *Paris, Charpentier*, 1866; in-12, broché, couv. imp.

Edition originale, avec la bonne couverture à la date de 1865.

129. GAVARNI. Masques et Visages. Notice par C.-A. Sainte-Beuve. *Paris, Calmann-Lévy*, s. d.; pet. in-fol., perc. rouge, fers spéciaux, éb. (Rel. de l'éditeur).

Contient la reproduction de 72 grandes lithographies de Gavarni.

130. GEFFROY (Gustave). La Vie artistique. *Paris, Dentu (et Floury)*, 1892-1901; 7 vol. in-16, brochés, couv. imp.

Edition originale, ornée de 7 frontispices : lithographies, pointes-sèches ou eaux-fortes originales, d'Eugène Carrière, Auguste Rodin, Auguste Renoir, J.-F. Raffaëlli, Fantin-Latour, Camille Pissaro et Daniel Vierge.

Exemplaire sur papier vergé, portant un envoi autographe signé de l'auteur à Edmond de Goncourt sur chacun des 4 premiers volumes.

131. GIDE (André). Le Voyage d'Urien, 1 vol. — Paludes, 1 vol. *Paris, Librairie de l'Art indépendant*, 1893-1895; ens. 2 vol. in-8 carré, brochés, couv. imp.

Editions originales.

132. GISLAIN (Fernand). Des Conflits entre chasseurs, fermiers et propriétaires. *Namur, Wesmael fils*, 1865, in-12 carré, cart. bradel perc. grise, non rog., couv. cons. (Durvand).

Edition originale, ornée d'un beau frontispice à l'eau-forte par Félicien Rops. — Rare.

133. GOETHE. Le Renard (Reineke fuchs), traduit par Edouard Grenier, illustré par Kaulbach. *Paris, Michel Lévy frères*, s. d., 1860, gr. in-8, cart. perc. rouge, non rog., couv. cons.

Premier tirage des vignettes de Kaulbach gravées sur bois et intercalées dans le texte.

134. GONCOURT (Collection des). Arts de l'Extrême-Orient. Objets d'arts japonais et chinois, peintures, estampes, etc. *Paris*, 1897, in-4, broché, couv. imp.

Catalogue rare, illustré du portrait d'Edmond de Goncourt, de 8 planches hors texte et d'une liste des principales signatures japonaises se trouvant dans la collection des Goncourt.

135. **GONCOURT (Edmond de)**. Chérie (1884); in-4, mar. olive foncé jans., titre frappé en or sur les plats, dent. int., non rogné (Pierson).

Manuscrit autographe qui a servi à l'impression de *Chérie*; il se compose de 274 ff. à mi-page en hauteur, dont 9 pour la préface et 265 pour le roman.

Il porte sur un feuillet de garde, au-dessus de l'ex-libris des Goncourt la note manuscrite suivante d'Edmond de Goncourt: « *Manuscrit qui a servi à l'impression de Chérie. De nombreux changements ont été apportés au texte primitif pendant la correction des épreuves. Edmond de Goncourt.* »

136. **GONCOURT (Edmond de)**. Les Frère Zemganno (1879); in-4, mar. grenat foncé jans., titre en or sur les plats, dent. int., non rogné (Pierson).

Manuscrit autographe qui a servi à l'impression du roman. — Il comprend 184 ff. à mi-page en hauteur sur papier bulle, dont 179 pour le texte et 5 pour les faux-titre, titre, dédicace à Mme Alphonse Daudet et préface.

137. GONCOURT (Edm. et J. de). Gavarni, l'homme et l'œuvre. Ouvrage enrichi du portrait de Gavarni gravé à l'eau-forte par Flameng d'après un dessin de l'artiste et d'un fac-similé d'autographe. *Paris*, *Plon*, 1873 ; in-8, cart., non rog.

Edition originale.

138. GONCOURT (Edm. et J. de). Histoire de la Société française pendant la Révolution, par Edmond et Jules de Goncourt. *Paris*, *Maison Quantin*, 1889, in-4, broché, couv. ill.

Illustré de 44 planches hors texte en taille-douce, phototypie, chromotypographie, et de fac-similés en noir et en couleurs d'après les documents du temps.

139. GONCOURT (Edm. et J. de). L'Italie d'hier, notes de voyage, 1855-1856, entremêlées des croquis de Jules de Goncourt jetés sur le carnet de voyage. *Paris*, *Charpentier et Fasquelle*, 1894, in-12, broché, couv. ill.

Edition originale, illustrée d'une cinquantaine de reproductions des dessins de Jules de Goncourt intercalées dans le texte ou tirées à part.

140. **GONCOURT (Edmond de)**. Manette Salomon, pièce en neuf tableaux, précédée d'un prologue, tirée du roman d'Edmond et Jules de Goncourt (1894) ; in-4°, mar. vert foncé jans., titre en or sur les plats, dent. int., non rogné (Ch. Meunier).

Manuscrit autographe d'Edmond de Goncourt qui a servi à l'impression de la pièce, jouée au Vaudeville le 27 février 1894. Il comprend 121 pp. sur papier bulle, à mi-page en hauteur.

141. GONCOURT (Edmond de). Outamaro, le peintre des maisons vertes. — Hokousaï, portr., *Paris*, *Charpentier et Fasquelle*, 1891-1896; ens. 2 vol. in-12 brochés, couv. imp.

Editions originales.

142\. GONSE (Louis). Edouard Manet. *Paris, Gazette des Beaux-Arts*, 1884; plaq. gr. in-8 brochée, couv. imp.

Plaquette rare, illustrée de 13 reproductions dans le texte et de 3 belles eaux-fortes de Henri Guérard, d'après Manet. — On y a joint : « Edouard Manet », conférence par Jacques de Biez. Paris, 1884; plaq. in-8, brochée, couv. imp., avec un portrait d'après Fantin-Latour.

143\. GOURMONT (Rémy de). Le Fantôme. *Paris, Mercure de France*, 1893; pet. in-8 all.. broché, couv. impr.

Edition originale, ornée de 2 belles lithographies originales de Henry de Groux.
Envoi autographe signé de l'auteur sur le faux-titre.

144\. GOURMONT (Rémy de). Le Livre des Masques. Portraits symbolistes, les masques, au nombre de XXX, dessinés par F. Vallotton. — Le IIe livre des Masques, XXIII portraits dessinés par F. Vallotton. *Paris, Mercure de France*, 1896-1898; ens. 2 vol. in-12, brochés, couv. imp.

Editions originales.

145\. **GOYA (Francisco)**. Les Caprices, *S. l. n. d.*; in-4°, obl., cart., demi-perc. verte, éb., couv. collée sur les plats.

Edition publiée par la chalcographie de Madrid, tirée sur les planches originales. Elle renferme le portrait de Goya et 79 gravures exécutées à l'eau-forte et à l'aquatinte. — Bel exemplaire.

146\. **GOYA (Francisco)**. Les Malheurs de la guerre. *S. l. n. d.*, in-4° obl., demi-perc. brune, tr. jasp.

Collection des 80 planches publiées par l'Académie de San Fernando. — Très bonnes épreuves sur la plupart desquelles le numérotage original a subsisté (Le titre et la préface qui sont en tête de cette édition manquent dans cet exemplaire).

147\. GOYA (Francisco). El Toreo, de Goya. *S. l. n. d.*, in-4°, perc. rouge, fers spéciaux, tr. jasp. (Rel. de l'éditeur).

Bonne reproduction héliotypique des planches de Goya, comprenant 1 portrait et 40 gravures.

148\. GRAND-CARTERET (J.). Les Mœurs et la Caricature en France. — 8 planches en couleur, 36 planches hors texte, 500 illustrations dans le texte (Reproduction d'œuvres anciennes et œuvres originales des artistes). *Paris, Librairie illustrée* s. d.; gr. in-8°. demi-rel. chag. citron, tête jasp., non rog., couv. cons.

Premier tirage.

149\. GRASSET (Eugène). Les Douze mois de 1889; *Paris, Lahure* s. d.: 12 compositions de Grasset en couleurs en 1 plaq. gr. in-8°, cart. perc. brune, fers spéciaux (Rel. de l'éditeur). — Costumes de guerre de l'âge de bronze et de l'ère gauloise, 23 ill. en couleurs, par E. Grasset. *Paris, Gillot*, s. d.;

3 fasc. in-8°, brochés, couv. ill. — La Plume. N° exceptionnel consacré à Eugène Grasset et enrichi de 107 compositions ou dessins de l'artiste, la plupart inédits. *Paris*, 1894. — Catalogue de la 2e Exposition du Salon des Cent, réservée à un ensemble d'œuvres d'Eugène Grasset, *S. l. n. d.* ; plaq. pet. in-8°, brochée, couv. imp.

150. GUERIN (Mgr Paul). Vie des Saints. Illustration de Yan d'Argent. 12 aquarelles hors texte et plus de mille sujets inédits se rapportant à la vie de chaque saint. *Paris*, *Victor Palmé*, 1887 ; gr. in-8°, perc. rouge, fers spéciaux, tr. dor. (Rel. de l'éditeur).

Premier tirage. — Bel exemplaire.

151. GUICHES (Gustave). La Pudeur de Sodome. *Paris*, *Maison Quantin*, 1888, plaq. gr. in-8, brochée, couv. imp.

Edition originale, tirée à petit nombre et ornée d'un superbe frontispice dessiné et gravé à l'eau-forte par Félicien Rops.
Exemplaire num. sur papier de Hollande,

152. HANNON (Théodore). Rimes de joie. *Bruxelles*, *Kistemaeckers*, s. d. ; in-12 broché, couv. imp.

Edition définitive, augmentée de 12 pièces inédites et ornée d'un frontispice dessiné et gravé l'eau-forte par Félicien Rops.
Exemplaire portant sur le faux-titre un envoi autographe signé de l'auteur à Edmond de Goncourt.

153. HARAUCOURT (Edmond). (Le Sire de Chambley). La Légende des Sexes. Poèmes hystériques et profanes. *Bruxelles*, 1898, gr. in-8, broché, couv. imp.

Edition tirée à très petit nombre, et non mise dans le commerce.
Exemplaire sur grand papier vergé de Hollande enrichi sur le faux-titre *d'un dessin original, au crayon noir, de A. RASSENFOSSE.*

154. HEINE (Henri). De la France. *Paris*, *Eug. Renduel*, 1833 ; in-8, broché, couv. imp.

Edition originale. — Rare.

155. **HEINE (Henri)**. De la France. *Paris*, *Eug. Renduel*, 1833, (pour 1834) ; in-8, broché, couv. imp.

Edition originale avec la couverture à la date de 1834 portant indication de tomaison (tome IV). — Ce volume, dont l'existence n'a pu être signalée par M. Georges Vicaire, n'est autre chose que l'édition originale de l'ouvrage pour laquelle on a réimprimé une couverture afin de la comprendre dans l'édition des Œuvres complètes de Henri Heine.

156. HEINE (Henri). De l'Allemagne, 2 vol. — Pièces et légendes (Atta Troll, Intermezzo, La Mer du Nord, etc.), 1 vol. — Reisebilder, tableaux de voyages, 2 vol. *Paris*, *Calmann Lévy*, 1884-1895 ; ens. 5 vol, in-12, brochés couv. imp.

157. HÉRÉDIA (J.-M. de). Les Trophées, par José-Maria de Hérédia. *A Paris, chez Alphonse Lemerre*, 1893, in-8, broché, couv. imp.

Edition originale. — Bel exemplaire.

158. L'HERMINE, revue littéraire et artistique de Bretagne. *Rennes*, du 20 août 1894, au 20 octobre 1900; 73 N°s en fasc. in-8° brochés, couv. imp.

Manque le N° du 29 décembre 1894.

159. HÉROLD (A.-Ferdinand). Le Livre de la naissance, de la vie et de la mort de la bienheureuse Vierge-Marie. — Légende de A.-F. Hérold. Lettres ornées de Paul Ranson. *Paris, Mercure de France*, 1895. pet. in-4°, broché, couv. imp.

Edition originale.
Exemplaire sur papier teinté.

160. HÉROLD (A.-Ferdinand). Images tendres et merveilleuses. La Joie de Maguelonne. La Fée des ondes. Floriane et Persigant, etc. 1 vol. — La Cloche engloutie, conte dramatique en cinq actes, traduit de l'allemand de Gerhart Hauptmann. 1 vol. — *Paris, Mercure de France*, 1897; ens. 2 vol. in-12, brochés, couv. imp.

Editions originales.

161. HIROSHIGHÉ. Sôhitsu gwafou; 3 vol. in-16, brochés, dans un étui.

Recueil de 3 volumes de croquis en couleurs (N° 1550 de la collection des Goncourt).

162. HIROSHIGHÉ. Tokaïdo Foukei Zokaï (Paysages du Tokaïdo); 2 vol. pet. in-8, brochés, dans un étui.

Recueils de paysages teintés. Exemplaire provenant de la collection japonaise des frères de Goncourt. (N° 1549 du catalogue).

163. HISTOIRE DES QUATRE FILS AYMON, très nobles et très vaillans Chevaliers, illustrée de compositions en couleurs par Eugène Grasset. Gravure et impression par Charles Gillot. Introduction et notes par Charles Marcilly. *Paris, H. Launette*, 1883, in-4, demi-rel. mar. grenat avec coins, dos orné mos., tête dor., non rog., couv. cons. (Ch. Meunier).

Exemplaire sur papier vélin teinté, bien relié.

164. HISTOIRE DU GENTILSEIGNEUR DE BAYARD, composée par le Loyal Serviteur. Edition rapprochée du français moderne avec une introduction, des notes et des éclaircissements par Lorédan Larchey. Ouvrage contenant 8 planches, 3 titres et une carte en chromolithographie, un portrait en photogravure, 34 grandes compositions et portraits tirés en noir et

187 gravures intercalées dans le texte. *Paris Hachette*, 1882, pet. in-4, demi-rel. veau faune raciné, dos orné, tête rouge, non rog.

Premier tirage. Les illustrations sont de S. Barclay, H. Chapuis, H. Chartier, E. Courboin, C. Delort, A. Deroy, Poirson, Poterlet, Pranishnikoff, P. Richner, Ronjat, P. Sellier, Taylor, Vidal, Th. Weber.

165. HOKOUSAI. Yehou Tochiseun (Le livre des poésies de la dynastie des Tang) ; 3 vol. in-8, brochés.

Ces 3 volumes, en noir, sont signés : Sen (autrefois) Hok'Saï : I-itsu. (N° 1532 de la collection de Goncourt).

166. HUYSMANS (J.-K.). L'Art moderne. *Paris, Charpentier*, 1883 ; in-12, broché, couv. imp.

Edition originale. Bel exemplaire.

167. HUYSMANS (J.-K.). A Vau l'eau. Eau-forte de A. Delattre (*sic*). *Paris, Tresse et Stock*, 1894, in-18, broché, couv. imp.

Petite édition rare ornée d'un portrait de Huysmans gravé par A. Delâtre. Bel exemplaire.

168. HUYSMANS (J.-K.). La Bièvre, avec 23 dessins et un autographe de l'auteur. *Paris, Genonceaux* 1890 ; plaq. in-8. — J.-K. Huysmans, par Roger Marx. Portrait par J.-F. Raffaëlli. *Paris, Kleinmann*, 1893 ; plaq. gr. in-8. — Ens. 2 plaq. brochées, couv. imp.

Editions originales.

169. HUYSMANS (J.-K.). La Bièvre et Saint-Séverin, 1 vol. — Sainte-Lydwine de Schiedam, 1 vol. — De Tout, 1 vol. — L'Oblat, 1 vol. *Paris, Stock*, 1898-1903 ; ens. 4 vol. in-12, brochés, couv. imp.

Editions originales.

170. HUYSMANS (J.-K.).— Certains.— G. Moreau, Degas, Chéret, Whistler, Rops, Le monstre. Le Fer, etc. *Paris, Tresse et Stock*, 1889, in-12, broché, couv. imp.

Edition originale. Bel exemplaire.

171. HUYSMANS (J.-K.). Croquis Parisiens. Eaux-fortes de Forain et Raffaëlli. *Paris, Henri Vaton*, 1880, in-8, broché, couv. imp.

Edition originale, tirée à petit nombre sur papier de Hollande et ornée de 8 eaux-fortes originales, hors texte, par Forain et Raffaëlli.

172. HUYSMANS (J.-K.). Un Dilemme. *Paris, Tresse et Stock*, 1887 ; in-18, broché, couv. imp.

Edition originale. Bel exemplaire.

173. HUYSMANS (J.-K.). Le Drageoir aux épices. Deuxième édition. *Paris, Librairie Générale*, 1875 ; in-16, broché, couv. imp.

Edition recherchée tirée à 300 exemplaires seulement. Bel exemplaire.

174. HUYSMANS (J.-K.). En ménage. *Paris, Charpentier*, 1881 ; in-12, cart. bradel demi-perc. grise, non rog., couv. cons.

Edition originale. Rare. Bel exemplaire.

175. HUYSMANS (J.-K.). En rade. *Paris, Tresse et Stock*, 1887, in-12, broché, couv. imp.

Edition originale. Bel exemplaire.

176. HUYSMANS (J.-K.). En route. *Paris, Tresse et Stock*, 1895, in-12, broché, couv. imp.

Edition originale. Bel exemplaire.

177. HUYSMANS (J.-K.). Là-Bas. *Paris, Tresse et Stock*, 1891 ; in-12, broché, couv. imp.

Edition originale. Bel exemplaire.

178. HUYSMANS (J.-K.). Marthe, histoire d'une fille. *Bruxelles, Gay*, 1876 ; in-12, broché, couv. imp.

Edition originale. Bel exemplaire.

179. HUYSMANS (J.-K.). Marthe. Histoire d'une fille. *Paris Dervaux* , 1879, in-12, broché, couv. imp.

Deuxième édition, ornée d'une eau-forte impressionniste de J.-L. Forain. Bel exemplaire.

180. HUYSMANS (J.-K.). Sainte-Lydwine de Schiedam. *Paris, Stock*, 1901 ; gr. in-8, broché, couv. imp.

Edition originale, imprimée avec une fonte spéciale de caractères dessinés par le graveur Georges Schiller.
Exemplaire num. sur papier vélin.

181. HUYSMANS (J.-K.). Les Sœurs Vatard. *Paris, Charpentier*, 1879 ; in-12, cart. demi-perc. fantaisie, tr. jasp. — A rebours (3e mille). *Paris, Charpentier*, 1889 ; in-12, demi-rel. chag. citron, tête dor., non rog., couv. cons. — La Cathédrale, *Paris. Stock*, 1898 ; in-12, cart. bradel demi-perc. grise, tête dor., non rog., couv. cons. Ens. 3 vol. in-12 reliés.

Le premier et le troisième ouvrage sont en édition originale. On a ajouté à la suite de « La Cathédrale » 14 articles de J.-K. Huysmans, parus dans l' « Echo de Paris », découpés et collés sur papier blanc.

182. IBSEN (Henrik). Les Prétendants à la couronne. — Les guerriers à Helgeland, *Paris, Savine*, 1893, 1 vol. — La Comédie de l'Amour, *Ibid.*, *id.*, 1896 ; 1 vol. — Quand nous nous

réveillerons d'entre les morts. *Paris, Perrin*, 1900, 1 vol. — Le Peer Gynt d'Ibsen, par le comte Prozor. *Paris, Mercure de France*, 1897, 1 vol. — Ens. 4 vol. in-12, brochés, couv. imp.

Editions originales.

183. IMAGE (L'). Revue artistique et littéraire, ornée de figures sur bois. *Paris, Floury*, 1896-1897; 12 livraisons in-4 carré, cart. perc. rouge, non rog., couv. cons.

Collection complète de cette intéressante publication, illustrée de nombreuses gravures sur bois, dans le texte et hors texte, par l'élite de nos graveurs sur bois.
Couverture générale et couvertures de livraisons conservées.

184. LE JAPON ARTISTIQUE. Documents d'art et d'industrie, réunis par S. Bing. *Paris, Japon Artistitique ; Marpon et Flammarion* (Mars 1888 à Avril 1891), 3 années formant 6 vol. en 3 tomes in-4, cart. bradel demi-perc. bleue avec coins, plats papier décorés de sujets japonais, non rog.

Collection complète de cette belle publication mensuelle due à la collaboration de MM. Ph. Burty, Victor Champier. Th. Duret. Edmond de Goncourt, Louis Gonse, Eugène Guillaume, de l'Institut, T. Hayashi, Paul Mantz, Roger Marx, Antonin Proust, Ary Renan, Edm. Taigny, etc., et d'éminents écrivains d'art de l'étranger. Le texte est orné d'une grande quantité de figures en noir. l'illustration hors texte comprend 360 reproductions fac-similés en couleurs d'objets d'art japonais.

185. JARRY (Alfred). Ubu roi. drame en cinq actes en prose, *Paris, Mercure de France*, 1896 ; in-18. — Le Surmâle, roman moderne. *Paris, Revue Blanche*, 1902 ; in-12. — Ens. 2 vol. brochés, couv. imp.

Editions originales. — Le premier ouvrage porte sur le faux-titre un envoi d'auteur signé à Edmond de Goncourt.

186. JULLIEN (Adolphe). Hector Berlioz. Sa vie et ses œuvres. *Paris, Librairie de l'Art*, 1888 ; in-4, broché, couv. imp.

Premier tirage. — Illustré de 14 lithographies originales par M. Fantin-Latour, de 12 portraits de Berlioz, de 3 planches hors texte et de 122 gravures dans le texte : scènes théâtrales, caricatures, portraits d'artistes, etc.

187. JULLIEN (Adolphe). Richard Wagner. Sa vie et ses œuvres. Ouvrage orné de quatorze lithographies originales par M. Fantin-Latour, de quinze portraits de Richard Wagner, de quatre eaux-fortes et de 120 gravures, scènes d'opéras, caricatures, vues de théâtres, autographes, etc. *Librairie de l'Art, Paris, Jules Rouam*, 1886, in-4, broché, couv. imp.

Premier tirage. — Bel exemplaire.

188. JULLIEN (Adolphe). Le Romantisme et l'éditeur Renduel. Souvenirs et documents sur les écrivains de l'école romantique, avec lettres inédites adressées par eux à Renduel. — Ouvrage orné de cinquante illustrations, portraits, vignettes, cari-

catures, autographes, etc., *Paris*, *Fasquelle*, 1897; in-12 carré, broché, couv. ill.

Edition originale.

189. KAHN (Gustave). Les Palais nomades. *Paris*, *Tresse et Stock*, 1887; plaq. gr. in-8, cart. bradel demi-mar. citron avec coins, tête dor., non rog., couv. cons. (Poilleux).

Edition originale, tirée à très petit nombre.
Un des quelques exemplaires tirés sur papier du Japon mince, portant sur le faux-titre un envoi autographe signé de l'auteur et, sur un feuillet de garde : « *Jésus, un littérateur auquel on a mis une croix dans les roues, qu'on a empêché de travailler... Jésus et nous, G. K.* »

190. KUNSTLER-MONOGRAPHIEN, von H. Knackfuss. *Leipzig*, 1895; 2 vol. gr. in-8, cart., non rog.

Rembrandt, avec 156 illustrations. — Dürer, avec 127 illustrations.

191. **LACROIX (Paul)**. La Comtesse de Choiseul-Praslin, histoire du temps de Louis XV, par Paul L., Jacob, Bibliophile, 1841; 2 vol., pet. in-4, demi-rel. mar. rouge jans. avec coins, tr. dor. (Reymann).

MANUSCRIT AUTOGRAPHE du célèbre bibliophile et érudit. Il comprend 54 fragments de toutes dimensions remontés sur des feuillets de papier fort. — Curieuse écriture microscopique.

192. LACROIX (Paul). (Bibliophile Jacob). XVIIIe siècle. Lettres, Sciences et Arts. — France, 1700-1789. — Ouvrage illustré de 16 chromolithographies et de 250 gravures sur bois (dont 20 tirées hors texte), d'après Watteau, Vanloo, Largillière, Boucher, Lancret, Greuze, Chardin, Desportes, Oudry, Vernet, La Tour, De Saint-Aubin, Gravelot, Cochin, Eisen, Moreau, Marillier, Debucourt, etc. Deuxième édition. *Paris*, *Firmin Didot*, 1878, in-4, demi-rel. chag. rouge, dos orné, plats toile, fers spéciaux, tr. dor. (Rel. de l'éditeur).

Bel exemplaire.

193. LACROIX (Paul). XVIIIe siècle. Institutions, Usages et Costumes. — France, 1700-1789. — Ouvrage illustré de 21 chromolithographies et de 350 gravures sur bois d'après Watteau, Vanloo, Rigaud, Boucher, Lancret, J. Vernet, Chardin, Jeaurat, Bouchardon, Saint-Aubin, Eisen, Gravelot, Moreau, Cochin, Wille, Debucourt, etc. Deuxième édition. *Paris*, *Firmin Didot*, 1875, in-4, demi-rel. chag. rouge, dos orné, plats toile, fers spéciaux, tr. dor. (Rel. de l'éditeur).

Bel exemplaire.

194. LACROIX (Paul). Les Arts au Moyen-Age et à l'époque de la Renaissance, par Paul Lacroix (Bibliophile Jacob). Ouvrage illustré de dix-neuf planches chromolithographiques exécutées par F. Kellerhoven et de quatre cents gravures sur bois. Qua-

trième édition. *Paris, Firmin Didot*, 1873, in-4, demi-rel. chag. rouge, dos orné, plats toile, fers spéciaux, tr. dor. (Rel. de l'éditeur).

Bel exemplaire.

195. LACROIX (Paul). Mœurs, Usages et Costumes au Moyen-Age et à l'époque de la Renaissance, par Paul Lacroix (Bibliophile Jacob), Conservateur à la Bibliothèque de l'Arsenal. Ouvrage illustré de quinze planches chromolithographiques exécutées par F. Kellerhoven et de quatre cents gravures. Troisième édition. *Paris, Firmin Didot*, 1873, in-4, demi-rel. chag. rouge, dos orné, plats toile, fers spéciaux, tr. dor. (Rel. de l'éditeur).

Bel exemplaire.

196. LACROIX (Paul). Vie militaire et religieuse au Moyen-Age et à l'époque de la Renaissance, par Paul Lacroix (Bibliophile Jacob). Ouvrage illustré de 14 chromolithographies exécutées par F. Kellerhoven, Régamey et L. Allard et de 410 figures sur bois, gravées par Huyot père et fils. Deuxième édition. *Paris, Firmin Didot*, 1873, in-4, demi-rel. chag. rouge, dos orné, plats toile, fers spéciaux, tr. dor. (Rel. de l'éditeur).

Bel exemplaire.

197. LAFON (Mary). Le Chevalier noir, traduit par Mary Lafon, illustré de 20 belles gravures dessinées par Gustave Doré. *Paris, Michel Lévy frères*, 1876; gr. in-8, cart. perc. rouge, non rog., couv. cons.

Premier tirage des illustrations de Gustave Doré.

198. LA FONTAINE. Fables, illustrées par Grandville. Nouvelle édition. *Paris, Fournier aîné*, 1838, 2 vol. in-8, mar. violet, dos plat orné en long, fil. sur les plats, non rog. (Rel. de l'époque).

Edition ornée d'un frontispice sur Chine volant, de 12 titres de livres et 120 grandes figures sur bois tirés à part, dessinés par Grandville.
Fraiche reliure romantique.

199. LA FONTAINE. Choix de fables de La Fontaine, illustrées par un groupe des meilleurs artistes de Tokio, sous la direction de P. Barboutau. *Tokio*, 1894; 2 vol. pet. in-8, brochés, couv. ill.

Illustré d'une trentaine d'estampes japonaises, imprimées en couleurs.

200. LAFORGUE (Jules). Les Complaintes. *Paris, Vanier*, 1885; in-12, broché, couv. imp.

Edition originale. Rare. Bel exemplaire.

201. LAFORGUE (Jules). L'Imitation de Notre-Dame la Lune, selon Jules Laforgue. *Paris, Vanier*, 1886; plaq. in-12, brochée, couv. imp.

Edition originale. Rare. Bel exemplaire.

202\. LAFORGUE (Jules). Moralités légendaires. Nouvelle édition. *Paris, Vanier*, 1894; in-12, broché, couv. imp.

Orné d'un portrait d'après un croquis de Skarbina.

203\. LAUTRÉAMONT (Comte de). Les Chants de Maldoror, par le comte de Lautréamont (chants I à VI). *Paris et Bruxelles*, 1874; in-12, broché, couv. imp.

204\. LECOMTE (Georges). L'Art impressionniste, d'après la collection privée de M. Durand-Ruel. *Paris, typ. Chamerot et Renouard*, 1892; gr. in-8, broché, couv. imp.

Ouvrage illustré de 36 eaux-fortes et pointes-sèches, hors texte, et d'illustrations dans le texte, par A.-M. Lauzet, d'après Degas, Claude Monet, Boudin, Pissaro, Manet, Forain, etc.

205\. LA LECTURE. *Paris*, de l'origine, 5 août 1887 au 10 juin 1892; 119 numéros brochés et reliés.

Les 8 premiers tomes (N°s 1 à 48) sont reliés en 4 vol., demi-bas. rouge, tr. jasp.

206\. LEMONNIER (Camille). G. Courbet et son œuvre. — Gustave Courbet à la Tour de Peilz. — Avec un portrait et 5 eaux-fortes par P. Collin, Ch. Courtry, M. Desboutins, Trimolet et Waltner. *Paris, Lemerre*, 1868, gr. in-8. — GROS-KOST. Courbet. Souvenirs intimes. Dessins originaux hors texte par Bigot, Boissy, C. Pata, Karl Cartier, etc. *Paris, Derveaux*, 1880; in-12. — En 2 vol. brochés, couv. imp.

207\. LEROY (Louis). Les Pensionnaires du Louvre. *Paris, Rouam*, 1880; pet. in-4°, broché, couv. imp.

Humoristique volume illustré de 35 dessins de Renouard, gravés sur bois, dont plusieurs à pleine page.

208\. LOMBARD (Jean). Adel. — La Révolte future, poème. — Préface-critique de Théodore Jean. *Paris, Librairie universelle*, 1889; plaq. in-12, brochée, couv. imp.

Exemplaire portant sur le faux-titre un envoi et auquel on a joint une carte autographe de Jean Lombard.

209\. LOMBARD (Jean). Byzance. *Paris, Savine*, 1890; in-12, broché, couv. imp.

Edition originale. Rare.

210\. LORRAIN (Jean). Dans l'Oratoire. *Paris, Dalou*, 1888, in-12, broché, couv. imp.

Edition originale. Bel exemplaire.

211\. LORRAIN (Jean). La Princesse sous verre, par Jean Lorrain. *Paris, Tallandier*, s. d.; plaq. gr. in-8, brochée, couv. ill., dans un emboitage recouvert d'une feuille de mica.

Édition originale, tirée à 220 exemplaires num. et ornée à chaque page d'illustrations d'André Cahard, reproduites en couleurs.
Un des 170 exemplaires num. sur papier vélin.

212. LOUYS (Pierre). Aphrodite, mœurs antiques. *Paris, Société du Mercure de France*, 1896, in-12, broché, couv. imp.

Edition originale. Bel exemplaire.

213. LOUYS (Pierre). Les Amours de Marie (par Pierre de Ronsard). — Edition précédée d'une vie de Marie Dupin, par Pierre Louys. *Paris, Mercure de France*, 1897; in-16 carré, broché, couv. imp.

Exemplaire portant sur le faux-titre la note autographe suivante: « *Vente de charité du 1er décembre 1901, Pierre Louys* ».

214. LOUYS (Pierre). Aphrodite, mœurs antiques, illustrations de A. Calbet, 1 vol. in-12 all. — Une Volupté nouvelle, illustrations de L. Marold et J. Dédina, 1 vol. in-18 all. — L'Homme de pourpre, illustrations de F. Schmidt, 1 vol. in-16 all. — *Paris, Borel*, 1896-1901 ; ens. 3 vol. brochés, couv. imp.

Ces 3 volumes sont en premier tirage. — Les deux derniers sont, en outre, des éditions originales.

215. LOUYS (Pierre). Les chansons de Bilitis. Traduites du grec pour la première fois par P. L. (Pierre Louys). *Paris, Librairie de l'Art Indépendant*, 1895, in-8 carré, broché, couv. imp.

Edition originale.
Un des 500 exemplaires num. sur papier vélin. Très rare. — Bel exemplaire.

216. LOUYS (Pierre). Esclavage. *Paris, Mercure de France*, août 1895 à janvier 1896, 6 nos en 1 vol. in-8, cart. bradel demi-perc., non rog., couv. cons.

Véritable édition originale du roman de Pierre Louys qui parut ensuite sous le titre « d'Aphrodite » et qui fut publié tout d'abord dans le « Mercure de France ».
On a relié à la suite de ce volume: « Chrysis, ou la Cérémonie matinale », par Pierre Louys, *Paris, Librairie de l'Art Indépendant*, 1893 ; in-8, couv. imp. — Edition originale, tirée à 100 exemplaires sur papier de Hollande.

217. LOUYS (Pierre). La Femme et le Pantin. Roman espagnol, orné d'une reproduction en héliogravure du Pantin de Goya. *Paris, Mercure de France*, 1898, in-8, broché, couv. imp.

Edition originale. Bel exemplaire.

218. LOUYS (Pierre). Léda ou la louange des bienheureuses ténèbres. Avec dix dessins en couleurs par Paul-Albert Laurens, *Paris, Mercure de France*, 1898, plaq. in-4, brochée, couv. imp.

Première édition illustrée de cette nouvelle, tirée à 600 exemplaires.
Exemplaire num. sur papier de Hollande.

219. LOUYS (Pierre). La Maison sur le Nil ou les apparences de la Vertu. *Paris, Librairie de l'Art Indépendant*, 1894; in-8, demi-rel. mar. citron jans., tête dor., non rog., couv. cons.

Edition originale, tirée à 125 exemplaires seulement. Très rare. — Un des 100 exemplaires num. sur papier de Hollande.

220. LOUYS (Pierre). Mimes des Courtisanes de Lucien. Traduction littérale. *Paris, Mercure de France*, 1899, 1 vol. — Les Aventures du roi Pausole, *Paris, Fasquelle*, 1901, 1 vol. — Sanguines, *Ibid., id.*, 1903, 1 vol. Ens. 3 vol. in-12, brochés, couv. imp.

Editions originales.

221. LOUYS (Pierre). Les Poésies de Méléagre. *Paris*, 1893, in-18 carré, broché, couv. imp.

Edition originale, très rare. Bel exemplaire.

222. LOUYS (Pierre). Scènes de la Vie des Courtisanes, par Lucien de Samosate. *Paris*, 1894; in-18 carré, broché, couv. imp.

Edition originale. Rare. Bel exemplaire.

223. MAETERLINCK (Maurice). Aglavaine et Sélysette. *Paris, Mercure de France*, 1896; in-12, broché, couv. imp.

Edition originale.

224. MAETERLINCK (Maurice). Douze chansons de Maurice Maëterlinck, illustrées par Charles Doudelet. *Paris, Stock*, 1896; gr. in-8 obl., broché, couv. imp.

Edition originale, tirée à 600 exemplaires sur papier Ingres.

225. MAETERLINCK (Maurice). La Vie des Abeilles, *Paris, Fasquelle*, 1901; in-12 broché, couv. imp.

Edition originale.

226. MAILLARD (Léon). Etudes sur quelques artistes originaux: Auguste Rodin, statuaire. *Paris, Floury*, 1890, gr. in-8 carré, broché, couv. ill.

Ouvrage illustré de 22 planches hors texte: bois, eaux-fortes, héliogravures, et d'environ 65 illustrations dans le texte reproduisant les œuvres capitales du maître. Epuisé.

227. MAINDRON (Ernest). Les Affiches illustrées. Ouvrage orné de 20 chromolithographies par Jules Chéret et de nombreuses reproductions en noir et en couleur, d'après les documents originaux. *Paris, H. Launette et Cie*, 1886; 1 vol. — Ernest Maindron. Les Affiches illustrées, 1886-1895. Ouvrage orné de 64 lithographies en couleurs et de cent deux reproductions en noir et en couleurs, d'après les Affiches originales des

meilleurs artistes. *Paris, G. Boudet*, 1896 ; 1 vol. — Ens. 2 vol. in-4, brochés, couv. ill.

Exemplaires num. sur papier vélin.

228. MAITRES DE L'AFFICHE (Les). Publication mensuelle, contenant la reproduction en couleurs des plus belles affiches illustrées des grands artistes français et étrangers. *Paris, impr. Chaix*, du n° 1, décembre 1895, au n° 24, novembre 1897 ; 2 années en 2 vol. pet. in-fol., cart. perc. rouge, non rog., couv. cons.

Exemplaire d'abonné, contenant en plus des 96 planches, 4 planches données en prime. — En tout 100 planches.

229. MAIZEROY (René). Deux Amies. — Vingtième édition. *Paris, Victor-Havard*, 1885, in-12, broché, couv. imp. (Dos cassé).

230. MALLARMÉ (Stéphane). L'après-midi d'un Faune, églogue, avec frontispice, fleurons et cul-de-lampe. *Paris, Derenne*, 1876 ; plaq. in-8 de 12 pages, brochée, couv imp.

Edition originale tirée à 195 exemplaires seulement, ornée d'un frontispice et 3 vignettes dessinés par Edouard Manet. Très rare.

231. MALLARMÉ (Stéphane). L'Après-Midi d'un Faune, églogue par Stéphane Mallarmé. Nouvelle édition, avec frontispice, ex-libris, fleurons et cul-de-lampe par Manet. *Paris, Vanier*, 1876; 1 plaq. pet. in-8, brochée, couv. imp.

Deuxième édition de cette plaquette rare.
Exemplaire sur papier du Japon.

232. MALLARMÉ (Stéphane). Berthe Morisot (Mme Eugène Manet). Préface par Stéphane Mallarmé (*Paris, Durand-Ruel*), 1896; plaq. in-8, brochée, couv. imp.

Catalogue de l'exposition des tableaux de Mme Eugène Manet, orné d'un portrait en photogravure d'après le tableau peint par Edouard Manet.

233. MALLARMÉ (Stéphane). Les Dieux antiques. Nouvelle mythologie illustrée d'après George W. Cox et les travaux de la Science moderne. Ouvrage orné de 260 vignettes reproduisant des statues, bas-reliefs, médailles, camées. *Paris, J. Rothschild*, 1880; pet. in-8, perc. brune, fers spéciaux, tr. rouges (Rel. de l'éditeur).

Edition originale de ce volume rare, composé par le poète alors qu'il était professeur au Lycée Fontanes.

234. MALLARMÉ (Stéphane). Divagations. *Paris, Fasquelle*, 1897 ; in-12, broché, couv. imp.

Edition originale.

235. MALLARMÉ (Stéphane). Pages, avec un frontispice à l'eau-forte par Renoir. *Bruxelles, Deman*, 1891 ; gr. in-8, broché, couv. imp.

Edition tirée à petit nombre sur papier vergé et ornée d'une eau-forte originale de Renoir.

236. MALLARMÉ (Stéphane). Les Poésies de Mallarmé. Frontispice de F. Rops. *Bruxelles, Deman*, 1899 ; in-8, broché, couv. imp.

Edition originale, ornée d'un beau frontispice de Rops.

237. MALLARMÉ (Stéphane). Le « Ten o'clock » de M. Whistler. *Londres et Paris*, 1888 ; plaq. gr. in-12 carré, brochée, couv. imp.

Edition originale, tirée à petit nombre sur papier de Hollande. — Bel exemplaire.

238. MALLARMÉ (Stéphane). Vers et prose, morceaux choisis, avec un portrait par James M. N. Whistler. 1 vol. — Beckford, Vathek, réimprimé sur l'original français avec la préface de Stéphane Mallarmé, 1 vol. — Oxford, Cambridge. — La Musique et les Lettres, 1 vol. — *Paris, Perrin et Cie*, 1893-1895 ; ens. 3 vol. in-12, brochés, couv. imp.

Le premier et le troisième ouvrages sont en édition originale. — Première édition dans ce format du deuxième.

239. MALLARMÉ (Stéphane). Villiers de l'Isle-Adam, conférence par Stéphane Mallarmé. *Paris, Librairie de l'Art indépendant*, 1890 ; plaq. in-8, brochée, couv. imp.

Edition originale.
Un des 5 exemplaires num. sur papier du Japon, portant sur le faux-titre un envoi autographe signé de l'auteur. — On y a joint un portrait de Mallarmé gravé à l'eau-forte par Marcellin Desboutin, épreuve en sanguine sur Japon, avec envoi autographe signé de l'artiste.

240. MALLARMÉ (Stéphane). Deux lettres autographes, très intéressantes, adressées à Villiers de l'Isle-Adam. — Ens. 3 pp., signées.

L'une de ces lettres est relative à la mort de la mère de Villiers de l'Isle-Adam. — La deuxième est écrite dans un style familier.

241. MALLARMÉ (Stéphane). Réunion de 5 articles divers de ou sur Stéphane Mallarmé, publiés dans « le Mercure de France », « la Revue Illustrée », « la Revue d'Aujourd'hui », etc.

Articles sur Théodore de Banville ; conférence sur Villiers de l'Isle-Adam, etc.

242. MANTZ (Paul). Antoine Watteau, 1 vol. — Cent dessins de Watteau, gravés par Boucher, précédés d'une préface de Paul Mantz, 1 vol. *Paris, Librairie Illustrée*, 1892 ; ens. 2 vol. gr. in-8, brochés, couv. imp.

Ouvrages tirés à 500 exemplaires num. — Le premier est illustré de nombreuses reproductions dans le texte et de 17 planches hors texte, eaux-fortes et gravures en couleurs. — Le deuxième contient une centaine de grands dessins à pleine page.

243. MARTIN (Alexis). Les débuts de Corneille, comédie en un acte et en vers, par Alexis Martin. *Paris*, 1888, in-8 carré, cart. perc. olive, non rog.

Manuscrit original de l'auteur avec titre et couverture. Il comprend 22 ff. et porte un envoi autographe de l'auteur à Aglaüs Bouvenne. — On y a ajouté une suite sur Chine de 5 eaux-fortes, tirées à 25 épreuves seulement. Les planches ont été ensuite effacées. — Portrait de l'auteur, gravé par Piguet, ajouté.

244. MARX (Roger). Exposition H. Guérard. — Eaux-fortes, gravures en couleurs, panneaux au fer chaud, éventails, peintures. *Paris*, 1891; in-8, cart. bradel perc. blanche, non rog., couv. imp.

Illustré de plusieurs reproductions.
Un des quelques exemplaires tirés sur papier du Japon, avec envoi autographe, signé de l'artiste et du préfacier, à Edmond de Goncourt, et auquel on a ajouté 4 gravures de Henry Guérard, dont 3 eaux-fortes; l'une d'elles porte la signature de l'artiste.

245. MAUPASSANT (Guy de). Bel Ami, 103 illustrations de Ferdinand Bac. — La Maison Tellier. Dessins de René Lelong, gravés sur bois par G. Lemoine. — Les Dimanches d'un Bourgeois de Paris. Dessins de Geo. Dupuis. Gravures sur bois de G. Lemoine. *Paris, Ollendorff*, 1895-1901; ens. 3 vol. in-12, carré, brochés, couv. ill.

Premier tirage de ces 3 volumes.

246. MAUPASSANT (Guy de). Contes du Jour et de la Nuit. Illustrations de P. Couturier. *Paris, Marpon et Flammarion*, s. d.; in-12, cart., non rog., couv. cons.

Edition originale.

247. MAUPASSANT (Guy de). Le Père Milon, contes inédits, 1 vol. — Le Colporteur, 1 vol. *Paris, Ollendorff*, 1899-1900; ens. 2 vol. in-12, brochés, couv. imp.

Editions originales.

248. MÉLANDRI et WILLETTE. Les Sœurs Hédouin. Trente-cinq lithographies hors texte. *Paris, Dentu*, 1892; in-12, broché, couv. ill.

Editions originales.

249. MENDÈS (Catulle). La Légende du Parnasse contemporain. *Bruxelles, Brancart*, 1884; in-12, broché, couv. imp.

Editions originales.

***

250. MERCURE DE FRANCE. Collection de 104 fascicules divers, se suivant, sauf des lacunes. De juillet 1891 à juin 1903; in-8, brochés, couv. imp.

251. MERRILL (Stuart). Petits poèmes d'Automne. *Paris, Vanier*, 1895; in-12, broché, couv. imp.

Edition originale.

252. MILLE NUITS ET UNE NUIT. (Le Livre des). Traduction littérale et complète du texte arabe, par le Dr J.-C. Mardrus. *Paris, Revue Blanche*, 1899-1904; 14 vol. in-8, brochés, couv. imp.

Tout ce qui a paru de cette édition.

253. MILLE ET UNE NUITS (Les). Contes arabes, traduits par A. Galland, suivis de nouveaux contes de Caylus et de l'abbé Blanchet, avec une préface historique par M. Jules Janin. *Paris, Pourrat frères*, 1839; 4 vol. gr. in-8, demi-rel. chag. bleu foncé, tête dor., non rog., couv. cons.

Illustré de 14 gravures hors texte sur Chine, monté. Exemplaire fortement taché de rousseurs. Reliure neuve.

254. MIRBEAU (Octave). Le Jardin des Supplices, avec un dessin en couleur de Auguste Rodin. *Paris, Charpentier*, 1899, fort vol. in-8, broché, couv. imp.

Edition originale.
Un des 150 exemplaires num. du tirage de luxe sur papier vélin de cuve.

255. MIRBEAU (Octave). Le Journal d'une femme de chambre. —Les Affaires sont les affaires, comédie en trois actes. *Paris, Fasquelle*, 1900-1903; ens. 2 vol. in-12, brochés, couv. imp.

Editions originales.

256. MIRBEAU (Octave). Lettres de ma Chaumière. *Paris, Laurent*, 1886; in-12, broché, couv. imp.

Edition originale. — Très rare.

257. MICHEL (Emile). Rembrandt, sa Vie, son Œuvre et son Temps. Ouvrage contenant 343 reproductions directes d'après les Œuvres du Maître. *Paris, Hachette et Cie*, 1893, fort vol. gr. in-8, demi-rel. chag. brun avec coins, tête rouge, non rogné.

Premier tirage.

258. MONOD (E.). L'Exposition Universelle de 1889. Grand ouvrage illustré, historique, encyclopédique, descriptif, publié sous le patronage de M. le Ministre du Commerce. *Paris, Dentu*, 1890; 2 vol. et 1 album in-4°, perc. grise, fers spéciaux, tête dor., non rog. (Rel. de l'éditeur).

Premier tirage. — Bel exemplaire.

259. MONNIER (Henry). Scènes populaires dessinées à la plume, par Henry Monnier, nouvelle édition, 2 vol.—CHAMPFLEURY. Henry Monnier, sa vie, son œuvre, avec un catalogue complet de l'œuvre et 100 gravures fac-simile. 1 vol. *Paris, Dentu.* 1879. — Ens. 3 vol. in-8, brochés, couv. imp.

Premier tirage de cette édition des Scènes populaires, ornée d'une centaine de vignettes gravées sur bois par H. Chevauchet.

260. MORÉAS (Jean). Les Cantilènes. — Funérailles. — Interlude. — Assurances. — Cantilènes. — Le pur Concept. — Histoires merveilleuses. *Paris, Vanier*, 1886; in-12 broché, couv. imp.

Edition originale.

261. MORÉAS (Jean). Les Stances. IIIe, IVe, V^e^ et VIe livres. *Paris, La Plume*, 1901; in-12 carré, broché, couv. imp.

Edition originale.

262. MORÉAS (Jean) et Paul ADAM. Le Thé chez Miranda. *Paris, Tresse et Stock*, 1886, in-12, cart. bradel perc. rouge, non rog.

Edition originale.
Exemplaire portant sur le faux-titre un envoi autographe signé des auteurs à Edmond de Goncourt.
Signature autographe d'Edmond de Goncourt sur un feuillet de garde.

263. MUNTZ (Eugène). Léonard de Vinci. — L'artiste, le penseur, le savant. — Ouvrage contenant 238 reproductions dans le texte, 20 planches en taille-douce et 28 planches en couleurs ou en noir d'après les œuvres du maitre. *Paris, Hachette*, 1899; gr. in-8, broché, couv. ill.

Premier tirage.

264. MUNTZ (Eugène). La Renaissance à l'époque de Charles VIII. Ouvrage illustré de 300 gravures dans le texte et de 38 planches tirées à part. *Paris, Firmin-Didot*, 1885 : gr. in-8, demi-rel. chag. rouge, dos orné, plats toile, fers spéciaux, tr. dor. (Rel. de l'éditeur).

Premier tirage. — Bel exemplaire.

265. NARREY (Charles). Albert Dürer à Venise et dans les Pays-Bas. — Autobiographie, lettres, journal de Voyages, papiers divers, traduits de l'allemand avec des notes et une introduction. Ouvrage orné de 24 gravures sur papier de Chine. *Paris Vve J. Renouard*, 1866; gr. in-8, broché, couv. imp.

Exemplaire sur papier vergé.

266. NERVAL (Gérard de). Scènes de la Vie orientale. — Les femmes du Caire. *Paris, Sartorius*, 1848; in-8, broché, couv. imp.

Edition originale. — Rare.

267. O'NEDDY (Philothée) (Théophile Dondey). — Œuvres en prose. — Romans et contes, critique théâtrale. — Lettres. — *Paris, Charpentier*, 1878 ; in-12, portr., broché, couv. imp.

Edition originale. — Un des 30 exemplaires tirés sur papier de Hollande.

268. PALAIS-ROYAL (Le). Les filles de l'allée des Soupirs, 1 vol. — Les Sunamites, 1 vol. — Les Converseuses, 1 vol. — *Paris, au Palais-Royal d'abord, et puis partout*, 1790 (Bruxelles, Christiaens).— En 3 vol. pet. in-8, figg., brochés, couv. imp.

269. LE PANORAMA. Nos jolies actrices, 5 fasc. — Paris qui s'amuse, 10 fasc. — Le Louvre, 5 fasc. — Paris la Nuit, 9 fasc. — Nos actrices chez elles, 6 fasc. — Le Musée galant du dix-huitième siècle, 9 fasc. — Ens. 6 ouvr. in-4 obl., cart. ou en fascicules.

270 PANTCHA-TANTRA (Le) ou les cinq ruses, fables du brahme Vichnou-Sarma. — Aventures de Paramarta et autres contes, traduits pour la première fois par l'abbé J.-A. Dubois. *Paris, Barraud*, 1872 ; in-8, broché, couv. imp.

Illustré de 13 eaux-fortes originales de Léonce Petit.

271. PARIS. Paris en plein air. Textes de MM. Armand Silvestre, Henry Céard, Georges Maillard, André Lemoyne, Léo Claretie, etc. Illustrations de MM. A. Giraldon, Albert Fourié, A. F. Gorguet, etc. *Paris*, 1897. in-4, cart. perc. grise, non rog., couv. cons.

Premier tirage. — Ouvrage illustré d'un grand nombre de gravures en noir et en couleurs, dans le texte et hors texte.

272. PETITE BIBLIOTHEQUE LITTÉRAIRE, publiée par Lemerre, 11 vol. in-18, brochés, couv. imp.

BARBEY D'AUREVILLY. *Les Diaboliques*, 1 vol. — *Une vieille maîtresse*, 2 vol. — *Un prêtre marié*, 2 vol. — *L'Ensorcelée*, 1 vol. — Ch. BAUDELAIRE. *Petits poèmes en prose. Les Paradis artificiels*, 1 vol. — G. FLAUBERT. *Théâtre*, 1 vol. — LECONTE DE LISLE. *Poèmes barbares*, 1 vol. — VICTOR HUGO. *Les Voix intérieures. Les Rayons et les Ombres*, 1 vol. — EPHRAIM MIKHAEL. *Poésie. Poèmes en proses*, 1 vol. Exemplaires sur papier teinté.

273. PÉLADAN (Joséphin). L'Androgyne. Couverture de Séon ; eau-forte de Point, 1 vol. — La Gynandre. Couverture de Séon ; eau-forte de Desboutins, 1 vol. — Typhonia, avec la Règle esthétique du second Salon de la Rose ✠ Croix, 1 vol. — *Paris, Dentu*, 1891-1892 ; ens. 3 vol. in-12 brochés, couv. imp.

Editions originales. — Envoi d'auteur signé sur la couverture du troisième ouvrage.

274. LA PLUME. Collection de 35 n^os^ dont 22 n^os^ exceptionnels, publiés de 1893 à 1895 ; gr. in-8, en fasc., couv. imp.

Contient les n^os^ relatifs à Paul Verlaine, J. Valadon, Sarah-Bernhardt, Victor Hugo, etc.

275. POE (Edgar). Histoire extraordinaires, 1 vol. — Nouvelles Histoires extraordinaires, 1 vol. — Traduites par Charles Baudelaire. — *Paris, A. Quantin*, 1884.— Ens. 2 vol. in-8, brochés, couv. ill.

Edition imprimée sur papier vélin à la cuve, ornée de 1 portrait et 25 eaux-fortes et héliogravures, tirés hors texte, par Abot, Chifflart, Férat, Herpin, J.-P. Laurens, Meaulle, Meyer, Vierge et Vogel.

276. (Edgar). Les Poèmes d'Edgar Poë. Traduction en prose de Stéphane Mallarmé, avec portrait et illustrations par Edouard Manet. *Paris, Vanier*, 1889, in-8, broché, couv. ill.

Edition originale. — Rare.

277. PREVOST (l'abbé). Histoire de Manon Lescaut et du chevalier des Grieux. Préface de Guy de Maupassant. *Paris, G. Boudet*, 1889, in-8, broché, couv. ill.

Edition ornée de 225 compositions de Maurice Leloir, dont 12 tirées hors texte en couleurs.

278. QUATRELLES. A coups de fusil. Ouvrage illustré de trente dessins originaux hors-texte par A. de Neuville. Nouvelle édition. *Paris, G. Charpentier*, 1882, in-4, broché, couv. imp.

Volume orné de 30 figures, 12 au fusain et 18 à la plume, reproduits en fac-simile.

279. RACHILDE. Queue de poisson. *Bruxelles, Brancart*, 1885. 1 vol. — A Mort. *Paris Monnier et Cie*, 1886, 1 vol. — Le Tiroir de Mimi Corail. *Ibid., id.*, 1887; 1 vol. — Ens. 3 vol. in-12, brochés, couv. imp.

Editions originales. — Les deux derniers volumes sont illustrés.

280. RAMBAUD (Yveling). Force psychique. *Paris, Ludovic Baschet*, 1889, in-4, broché, couv. imp.

Jolie plaquette ornée d'illustrations d'Albert Besnard, gravées sur bois par Florian.

Un des 10 exemplaires num. sur papier du Japon contenant une deuxième suite tirée à la main par le graveur et signée par lui, sur papier pelure du Japon, de toutes les illustrations.

281. RAMBOSSON (J.). Les Pierres précieuses et les principaux ornements. Ouvrage illustré de 43 planches dessinées par Yan d'Argent et d'une planche chromolithographique. *Paris, Firmin-Didot*, 1870; in-8, cart., non rog., couv., cons.

Premier tirage.

282. RAMIRO (Erastène). (Eugène RODRIGUES). Catalogue descritif et analytique de l'Œuvre gravé de Félicien Rops, précédé d'une notice biographique et critique, par Erastène Ramiro. Orné d'un frontispice et de gravures d'après des compositions inédites de Félicien Rops, et de fleurons et culs-de-lampe

d'après F. Rops, Jean La Palette et Louis Legrand. *Paris, Librairie L. Conquet*, 1887, gr. in-8, broché, couv. ill.

Tiré à 550 exemplaires, orné d'un frontispice à l'eau-forte et de vignettes dans le texte.
Un des 500 exemplaires sur papier vélin contenant la planche en couleurs, la « Femme au Cochon » (Pornocratè) et auquel on a joint le fascicule publié en 1894 par Deman, sous le titre de « Supplément au Catalogue », etc., avec une gravure de Rops, et un *billet autographe signé de l'artiste.*

283. RAMIRO (Erastène). Supplément au Catalogue de l'œuvre gravé de Félicien Rops. Illustrations de Félicien Rops. Fleurons et culs-de-lampe, par Armand Rassenfosse. *Paris, Floury*, 1895 ; gr. in-8, broché, couv. ill.

Tiré à 570 exemplaires et illustré de 6 planches, hors texte, reproduisant des eaux-fortes de F. Rops, et de vignettes dans le texte.
Un des 500 exemplaires num. sur papier vélin.

284. RAMIRO (Erastène). L'Œuvre lithographié de Félicien Rops. Orné de sept reproductions de lithographies en taille-douce. *Paris. L. Conquet*, 1891 ; gr. in-8, broché, couv. imp.

Premier tirage. — Ouvrage contenant 14 reproductions des meilleures lithographies de Rops, dont 7 en taille douce, hors texte, sur Chine monté.
Un des 200 exemplaires num. sur papier vélin.

285. RAMIRO (Erastène). Louis Legrand, peintre-graveur. Catalogue de son œuvre gravé et lithographié. *Paris, Floury*, 1896, gr. in-8, broché, couv. ill.

Ouvrage tiré à 250 exemplaires num. et illustré de 6 eaux-fortes et 1 lithographie tirées hors texte, et de plus de 100 figures dans le texte, d'après les originaux de l'artiste.
Un des 200 exemplaires num. sur papier vélin.

286. REBELL (Hugues). La Nichina, Mémoires inédits de Lorenzo Vendramin. *Paris, Mercure de France*, 1897. in-12 broché, couv. imp.

Edition originale.

287. RÉGAMEY (Félix). Verlaine, dessinateur. *Paris, H. Floury*, 1896, in-8, broché, couv. imp.

Edition originale, ornée d'une quinzaine de croquis de Verlaine et de nombreux fac-similés d'autographes.
Exemplaire num. sur papier vélin.

288. RÉGNIER (Henri de). Contes à soi-même. *Paris, Librairie de l'Art Indépendant*, 1894 ; in-16 broché, couv. imp.

Edition originale. Rare. Très bel exemplaire.

289. RÉGNIER (Henri de). La double maîtresse, 1 vol. — Les Amants singuliers, 1 vol. — Le Mariage de Minuit, 1 vol. *Paris, Mercure de France*, 1900-1903. — Ens. 3 vol. in-12 brochés, couv. imp.

Editions originales. — Le deuxième ouvrage porte la signature autographe d'Henri de Régnier sur un feuillet de garde.

290. RÉGNIER (Henri de). Episodes (album de vers et de prose). *Bruxelles et Paris*, 1887-1888; plaq. in-12 de 8 pp., brochée, couv. imp.

Edition originale. — De toute rareté.

291. RÉGNIER (Henri de). Les Jeux rustiques et divins. *Paris, Mercure de France*, 1897, in-12. — Le Trèfle blanc, *Ibid.*, *id.*, 1899; in-18. — Ens. 2 vol. brochés, couv. imp.

Editions originales.

292. RÉGNIER (Henri de). Poèmes anciens et romanesques, 1887-1889. *Paris, Librairie de l'Art indépendant*, 1890; pet. in-8, carré, broché, couv. imp.

Edition originale. Très rare.

293. RÉGNIER (Henri de). Premiers poèmes. — Les Lendemains. — Apaisement. — Sites. — Episodes. — Sonnets. — Poésies diverses. — *Paris, Mercure de France*, 1899. — Figures et caractères, *Ibid.*, *id.*, 1901. — Ens. 2 vol. in-12, brochés, couv. imp.

Editions originales.

294. RÉGNIER (Henri de). Le Trèfle noir, orné par Alphonse Hérold. *Paris, Mercure de France*, 1895, in-18, broché, couv. imp.

Edition originale, très rare. — Bel exemplaire.

295. RENARD (Jules). Bucoliques. *Paris, Ollendorff*, 1898; in-12. — Histoires naturelles. *Paris, Flammarion*, s. d.; in-16 carré. — Le Vigneron dans sa vigne (Nouvelles du pays. — Tablettes d'Eloi). *Paris, Mercure de France*, 1901; in-12. — Poil-de-Carotte, comédie en un acte. *Paris, Ollendorff*, 1900; in-12 carré. — Ens. 4 vol. brochés, couv. imp.

Editions originales (« Le Vigneron dans sa vigne » est en première édition collective).

296. RENARD (Jules). L'Ecornifleur. *Paris, Ollendorff*, 1892; 1 vol. — Poil-de-Carotte. *Paris, Flammarion*, s. d., 1 vol. — La Maitresse. *Paris, Simonis Empis*, 1896, 1 vol. — Ens. 3 vol. in-12, brochés, couv. imp.

Editions originales.

297. RENARD (Jules). Histoires naturelles. Edition ornée de vingt-deux lithographies originales de H. de Toulouse-Lautrec. *Paris, H. Floury*, 1899, plaq. pet. in-4, brochée, couv. ill.

Joli plaquette tirée à 100 exemplaires num. seulement sur papier vélin teinté.

298. RICTUS (Jehan). Les soliloques du pauvre, poésies. *Paris*. 1897, in-8, broché, couv. ill.

Edition originale, ornée d'un portrait de l'auteur par Steinlen.

299. RIMBAUD (Arthur). Les Illuminations. — **Notice par Paul** Verlaine. *Paris, Publications de la Vogue*, 1886 ; plaq. pet. in-8, brochée, couv. imp.

Édition originale tirée à 200 exemplaires num. seulement. Un des 150 sur papier de Hollande.

300. RIMBAUD (Arthur). Poèmes. — Les Illuminations. — Une saison en Enfer. — Notice par Paul Verlaine. *Paris, Léon Vanier*, 1892, in-12, broché, couv. imp.

Première édition collective.

301. RIMBAUD (Arthur). Poésies complètes, avec préface et dessins) de Paul Verlaine, et notes de l'éditeur. *Paris, Vanier*, 1895, 1 vol. — Œuvres de J.-A. Rimbaud. (Poésies. — Les Illuminations. – Autres illuminations. — Une saison en Enfer). *Paris, Mercure de France*, 1898, 1 vol., portr. — Lettres de J.-A. Rimbaud, avec une introduction et des notes par Paterne Berrichon, *Ibid., id.*, 1899, 1 vol. — Paterne Berrichon. La Vie de J.-A. Rimbaud. *Ibid., id.*, 1898, 1 vol. — Ens. 4 vol. in-12, brochés, couv. imp.

Premières éditions.

302. RIMBAUD (Arthur). Reliquaire, poésies. — Préface de Rodolphe Darzens, *Paris, Genonceaux*, 1891 ; in-18, broché, couv. imp.

Édition originale. Rare.

303. LE RIRE. *Paris*, de l'origine, 10 novembre 1894 au 26 décembre 1903 ; 446 N^os^, en fasc.

Collection des 9 premières années, incomplète des n^os^ suivants : 79-86-92-98-106-121-123-124-139-142-152-170-383-399-400-401-403-404-405-410 à 419 et des n°s 6 et 30 de la nouvelle série.

304. ROCHEFORT (Henri). La Grande Bohême. *Paris, Havard*, 1886, 1 vol. — Les Aventures de ma vie. *Paris, Paul Dupont*, s. d. ; 5 vol. — Ens. 6 vol. in-12, brochés, couv. imp.

Le premier ouvrage, ainsi que les 3 derniers vol. du second sont en édition originale.

305. ROGER-MILES (L.). Collection de M. le comte Armand Doria. Préface et catalogue analytique par M. L. Roger-Milès, précédés d'un essai sur la vie du comte Armand Doria par M. Arsène Alexandre. *Paris, Georges Petit*, 1899 ; 2 vol. gr. in-4, brochés, couv. imp. en couleurs.

Important catalogue, tiré à 1200 exemplaires sur papier vergé, orné d'un portrait gravé à l'eau-forte par Damman et de nombreuses reproductions en photogravure, imprimées en taille-douce, hors texte.

306. **ROPS (Félicien)**. Uylenspiegel au Salon, par les auteurs des Cosaques. Revue de l'Exposition de 1857. *Bruxelles, impr.*

de F. Parent, 1857, in-8 carré, cart. bradel demi-perc. grise avec coins, non rog., couv. remontée cons.

Volume rare, renfermant une soixantaine de pages illustrées de nombreux croquis plaisants et joyeux, lithographiés par Félicien Rops qui y « charge » les artistes contemporains en une suite de fantaisies des plus humoristiques.

307. ROPS (Félicien). Numéro spécial de la « Plume » consacré à Félicien Rops. *Paris*, 1896, gr. in-8, en 9 fasc., couv. ill.

Numéro rare, renfermant 150 reproductions d'œuvres publiées ou inédites de Rops, diverses études par J.-K. Huysmans, J. Pradelle, J. Péladan, E. Demolder, E. Verhaeren, C. Lemonnier, F. Champsaur, O. Uzanne, L. Maillard, etc., ainsi que plusieurs lettres de F. Rops et une table iconographique.

308. ROPS (Félicien). Réunion de 4 fascicules relatifs à F. Rops et à son œuvre, in-8 et gr. in-8, brochés, couv. imp.

Félicien Rops et son œuvre, par Arsène Alexandre, F. Champsaur, Edm. Harancourt, J.-M. de Hérédia, J.-K. Huysmans, etc. *Bruxelles, Deman*, 1897; nombreuses illustrations. (Exempl. num. sur papier vélin). — Félicien Rops et quelques aspects de son œuvre, par Camille Mauclair, J. Péladan, E. Ramiro, etc. *Ibid.*, 1899. (Tirage à part à 100 ex. de la « Revue Encyclopédique ». — Collection H.-W. — Aquarelles et dessins par F. Rops, 1898; 4 photogravures hors texte. — Aquarelles et dessins par F. Rops, composant la collection R., 1900, 4 héliotypies hors texte.

309. ROUSSEAU (Jean). Hans Holbein. Ouvrage accompagné de deux portraits de Hans Holbein et de 35 gravures d'après les œuvres du maître. *Paris, Rouam*, 1885; gr. in-8 broché, couv. imp.

On y a joint : « La Danse des Morts », gravée d'après les tableaux à fresque qui se trouvaient sur le mure (*sic*) du cimetière de l'Eglise Saint-Jean, à Bâle, s. d.; in-18 carré, cart., avec 43 illustrations coloriées, texte anglais, français et allemand.

310. RUBENS (Pierre-Paul). Sa vie et ses œuvres. *Paris, Librairie de l'Art*, s. d.; in-fol., broché, couv. ill.

Ouvrage de luxe, illustré de 21 eaux-fortes et 108 gravures sur bois d'après les œuvres du maître, exécutées par Froment, Léveillé, F. Milius, D. Mordant, Ch. Waltner, etc. — Texte par Emile Michel, Léon Gauchez, Théodore Souret, Max Rooses, etc.

311. SAINTINE (X.-B.). La mythologie du Rhin et les Contes de la mère-grand, illustrés par Gustave Doré. *Paris, Hachette*, 1862; gr. in-8, demi-rel. chag. rouge, plats toile, tr. dor. (Rel. de l'éditeur.)

Premier tirage. — Illustré d'environ 200 vignettes dans le texte gravées sur bois d'après les dessins de Gustave Doré.

312. SAINT-JUIRS. Contes de toutes les couleurs. Le Petit Nab. Dessins de Grasset. *Paris Baschet*, 1882; gr. in-8, cart. bradel demi-perc. saumon, couv. collée sur les plats, éb. (Rel. de l'éditeur).

Premier tirage. — Volume rare, recherché pour les illustrations de Grasset, qui comprennent environ 22 compositions en couleurs, reproduites en chromotypographie et dont 4 sont tirées hors texte, et 30 vignettes en noir dans le texte.

On y a joint : Histoire et Civilisation de la France, par G. Ducoudray, 1891 ; pet. in-8 cart., avec 9 illustrations en couleurs par Grasset, dans le genre de celle des Quatre Fils Aymon.

313. SAINT-PIERRE (B. de). Paul et Virginie. Dessins par de La Charlerie. *Paris, A. Lemerre*, 1868; in-4°, perc. rouge, fers spéciaux non rog. (Rel. de l'éditeur, défraichie.)

Edition illustrée par de La Charlerie d'un portrait de B. de Saint-Pierre et de nombreuses vignettes intercalées dans le texte, dont plusieurs à pleine page, gravés sur bois par Ligny, Meyer-Heine et Sargent.

Le texte est entouré d'un encadrement gravé sur bois par Comte et tiré en violet.

314. SAINT-VICTOR (Paul de). Hommes et dieux. Etudes d'histoire et de littérature. *Paris, Michel Lévy frères*, 1867; 1 vol. — Joséphin SOULARY. La Chasse aux mouches d'or. *Lyon, Scheuring*, 1876; 1 vol. — Ens. 2 vol. in-8, brochés, couv. imp.

Editions originales.

315. SAINTS ÉVANGILES (Les). Traduction par l'abbé Glaire. Illustrations d'après les maitres des XIVe, XVe et XVIe siècles. *Paris, Goupil et Cie*, 1899; 2 tom. en 24 fascicules pet. in-4°, brochés, couv. imp.

Edition publiée en 24 fascicules, illustrés chacun d'une dizaine de gravures dans le texte et de 2 planches hors texte en 2 tons.

316. SAMAIN (Albert). Aux Flancs du Vase. *Paris, Mercure de France*, 1898; pet. in-8, broché, couv. imp.

Edition originale. — Rare. — Exemplaire num. sur papier alfa.

317. SCHOLL (Aurélien). Denise. Aquarelles de Grivaz, gravées par Arents. *Paris, Rouveyre et Blond*, 1884; pet. in-8, broché, couv. ill.

Jolie plaquette tirée à petit nombre et ornée d'illustrations de H. Grivaz, reproduites en héliogravure et imprimées en taille-douce en couleurs.

Exemplaire sur papier du Japon (sans tirage à part).

318. SHAKESPEARE. Œuvres complètes, traduites par Emile Montégut et richement illustrées de gravures sur bois. *Paris, Hachette*, 1867-1870; 3 vol. gr. in-8, brochés, couv. imp.

Premier tirage. — Bel exemplaire.

319. SILVESTRE (Armand). Au pays des souvenirs. — Mes maitres et mes maitresses. *Paris, Frinzine*, 1887; 1 vol. — Les merveilleux récits de l'amiral Le Kelpudubec. *Paris, Ollendorff*, 1884; 1 vol. — Ens. 2 vol. in-12, brochés, couv. ill.

Edition originale. — Le second ouvrage porte un envoi d'auteur signé.

320. STENDHAL (Henri Beyle). Lamiel, roman inédit. *Paris*,

Librairie moderne 1889; 1 vol. — Vie de Henri Brulard, autobiographie, publiée par Casimir Stryienski. *Paris, Charpentier*, 1890; 1 vol. — Ens. 2 vol. in-12, brochés, couv. imp.

Editions originales.

321. STENDHAL (Henri Beyle). Nouvelles inédites. (Le chasseur vert. — Le Juif. — Féder). *Paris, Michel Levy frères*, 1855; in-12, broché, couv. imp.

Edition originale. — Bel exemplaire.

322. STENDHAL (Henri Beyle). Vie de Napoléon. — Fragments. — *Paris, Calmann-Lévy*, 1876; in-12, broché, couv. imp.

Edition originale. — Bel exemplaire.

323. LE STUDIO, *Londres et Paris*, du 15 novembre 1897 au 15 décembre 1899; 36 numéros en fasc. pet. in-4 brochés, couv. imp.

Forme les Tomes 12 à 18 inclus de cette publication (La traduction française commence avec le tome 15). — On y a ajouté 4 numéros spéciaux (Noël, Eté, Hiver), plus les numéros suivants : 32, 34, 36, 47, 50 et 52.

324. TAILHADE (Laurent). Au pays du Mufle. Nouvelle édition considérablement augmentée. Dessins d'Hermann-Paul, *Paris, La Plume*, 1894; in-12 carré. — Terre latine. — Préface de M. E. Ledrain, *Paris, Lemerre*, 1898, in-12. — Discours civiques. *Paris, Stock*, 1902; in-12, portr. — Ens. 3 vol., brochés, couv. imp.

Les deux derniers ouvrages sont en édition originale. — On y a joint : F.-A. Cazals. Iconographies de certains poètes présents : Laurent Tailhade, préface de Stéphane Mallarmé, exempl. num. sur papier de Chine.

325. TAILHADE (Laurent). — Le Satyricon, de Pétrone. Traduction de Laurent Tailhade. Préface de M. Jacques de Boisjolin. *Paris, Fasquelle*, 1902; in-12, broché, couv. imp.

Edition originale de cette traduction.

326. TAILHADE (Laurent). Vitraux. *Paris, Vanier*, 1891; plaq. pet. in-8 carré, brochée, couv. imp.

Edition originale.
Exemplaire num. sur papier de Hollande.

327. TAINE (Henri). Voyage en Italie. *Paris, Hachette*, 1866; 2 vol. in-8, brochés, couv. imp.

Edition originale. — Bel exemplaire.

328. THAUSING (Moriz). Albert Dürer, sa vie et ses œuvres, traduit de l'allemand par Gustave Gruyer. — Ouvrage illustré de 75 gravures en taille-douce, en lithographie et sur bois.

Paris, Firmin-Didot, 1878; **gr. in-8, demi-rel. chag. rouge**, dos orné, tête dor., non rog.

Premier tirage.

329. THÉOLOGIE HINDOUE. — Le Kama Soutra. Règles de l'Amour de Vatsyayana (Morale des brahmanes), traduit par E. Lamairesse. — Dr A. MOLL. Les perversions de l'instinct génital, traduit de l'allemand, par les Drs Jactet et Romme, *Paris, Carré*, 1891-1893; ens. 2 vol. in-8, brochés, couv. imp.

Editions originales.

330. LE TOMBEAU DE CHARLES BAUDELAIRE. Ouvrage publié avec la collaboration de Stéphane Mallarmé, Michel Abadie.., précédé d'une étude sur les textes de « Les Fleurs du mal, » commentaires et variantes par le Prince Alexandre Ourousof et suivi d'Œuvres posthumes interdites ou inédites de Charles Baudelaire, recueillies par les soins de M. le Vicomte Ch. Spoelberch de Lovenjoul... Frontispice de Félicien Rops. *Paris, Bibliothèque artistique et littéraire*, 1896, gr. in-8, broché, couv. imp.

Volume tiré à 245 exemplaires seulement, orné de 1 frontispice de F. Rops, 1 portrait inédit et de la reproduction de dessins de Baudelaire.
Un des 200 exemplaires num. sur papier vélin.

331. LES TYPES DE PARIS. Texte par Edmond de Goncourt. Alphonse Daudet, Emile Zola, Antonin Proust, Robert de Bonnières, Henry Gréville, Guy de Maupassant, Paul Bourget, J.-K. Huysmans, Gustave Geffroy, Steephane Mallarmé, L. Mullem, J. Ajalbert, L. de Fourcaud, Félicien Champsaur, Octave Mirbeau, Henry Céard, J.-H. Rosny, Roger Marx, Paul Bonnetain, Jean Richepin. Dessins de Jean-François Raffaëlli. *Paris, Plon, Nourrit et Cie*, in-4, en 10 fasc., brochés, couv. ill.

Premier tirage. — Très nombreuses compositions de Raffaëlli comprenant des héliogravures hors texte, des dessins sur bois et des fac-similés d'aquarelles dans le texte.
Exemplaire en livraisons, avec ses couvertures, auquel on a ajouté une lettre autographe de J. F. Raffaëlli à l'éditeur Pierre Dufflan.

332. UZANNE (Octave) et A. ROBIDA. Contes pour les Bibliophiles, par Octave Uzanne et A. Robida. Nombreuses illustrations dans le texte et hors texte. *Paris, Ancienne Maison Quantin*, 1895, gr. in-8, broché, couv. ill.

Ouvrage tiré à petit nombre sur papier vélin et orné de 300 illustrations par Robida, tirées en noir et en couleurs, dont 17 grandes compositions hors texte.

333. VACHON (Marius). Puvis de Chavannes. *Paris, Braun, Clément et Cie, et Lahure*, 1895; in-4°, broché, couv. imp.

Ouvrage illustré de nombreuses reproductions dans le texte ou à pleine page et de 1 portrait et 14 héliogravures sur cuivre, imprimés en taille-douce sur Chine monté, hors texte.
Exemplaire auquel on a ajouté un portrait de l'artiste, gravé à l'eau-

forte par Desboutin, *et une intéressante lettre autographe de PUVIS DE CHAVANNES* (3 pp, in-8).

334. VALLÈS (Jules). Jacques Vingtras. — L'Enfant, par Jules Vallès. — Edition illustrée de 12 eaux-fortes par Renouard. *Paris, Quantin*, 1884, in-8, broché, couv. imp.

Exemplaire sur papier vergé teinté.

335. VALLÈS (Jules). Mazas. Texte de Jules Vallès, publié avec l'autorisation de Séverine. Lithographies (10) par Maximilien Luce (*Paris, l'Estampe originale*), *s. d.*; plaq. in-4, brochée, couv. imp.

Tiré à 250 exemplaires num.

336. VEBER'S (Les) La Joviale comédie, par les Veber's. *Paris, Simonis Empis*, 1896; gr. in-8, broché, couv. ill.

Edition originale de cet ouvrage humoristique orné de nombreuses illustrations de Jean Veber.

337. VEBER'S (Les), — Les Veber's, — Les Veber's. — *Paris, Testard*, 1895; gr. in-8, ill. — L'aventure, roman, par Pierre Veber. *Paris, Simonis Empis*, 1898; in-12. — Ens. 2 vol., brochés, couv. ill.

Editions originales.

338. VERHAEREN (Emile). Les Campagnes hallucinées, 1 vol. — Les Villes tentaculaires, 1 vol. — Les Aubes, 1 vol. *Bruxelles, Deman*, s. d.; ens. 3 vol. in-8 carré, les 2 premiers brochés, le 3e cartonné, couv. imp.

Editions originales, tirées à petit nombre.

339. VERHAEREN (Emile). Les Moines, poésies. *Paris, Lemerre*, 1886; in-12, broché, couv. imp.

Edition originale. Rare. — Bel exemplaire portant sur le faux-titre un envoi autographe signé de l'auteur à Edmond de Goncourt.

340. VERHAEREN (Emile). Poèmes. *Paris, Mercure de France*, 1895-1896; 2 vol. in-12, brochés, couv. imp.

Première édition collective, contenant: *Les Bords de la route. — Les Flamandes. — Les Moines. — Les Soirs. — Les Débâcles. — Les Flambeaux noirs.*

241. VERHAEREN (Emile). Pour les Amis du poète, 1 vol. — Les Visages de la vie, 1 vol. — Le Cloître, 1 vol. — Petites Légendes, 1 vol. — *Bruxelles, Deman*, 1896-1900; ens. 4 vol. in-8 carré, brochés, couv. imp.

Editions originales.

342. VERLAINE (Paul). Chansons pour elle. *Paris, Léon Vanier*, 1891; in-12, broché, couv. imp.

Édition originale. — Un des quelques exemplaires tirés sur papier du Japon, auquel on a joint un *sonnet autographe de Paul Verlaine* (fragment du manuscrit de *Chansons pour elle*).

343. **VERLAINE (Paul)**. Femmes. *Imprimé « sous le manteau » et ne se vend nulle part*, 1890, in-8, broché, couv. imp.

Édition originale, imprimée à 175 exemplaires numérotés sur papier vélin, pour les souscripteurs seulement et non mise dans le commerce.
Exemplaire auquel on a ajouté le *manuscrit autographe* de la pièce intitulée *Reddition*.

344. VERLAINE (Paul). Jadis et naguère, poésies, 1 vol. — Parallèlement, 1 vol. — Élégies, 1 vol. — Odes en son honneur, 1 vol. — Dans les Limbes, 1 vol. — Invectives, 1 vol. — *Paris, Vanier*, 1884-1896 ; ens. 6 vol. in-12, brochés, couv. imp.

Éditions originales. — Beaux exemplaires. On a ajouté dans *Parallèlement* 2 pièces supprimées, à l'état d'épreuves.

345. VERLAINE (Paul). Liturgies intimes. — Mars 1892. — *Paris, Bibliothèque du Saint-Graal*, s. d. ; plaq. in-8 carré, brochée, couv. imp.

Véritable édition originale, ornée d'un portrait de Verlaine, dessiné par L. Hayet.
Un des quelques exemplaires tirés sur grand papier vélin, avec le portrait sur Japon, portant sur le faux-titre la signature autographe du poète et auquel on a ajouté : 1° un portrait de Verlaine en tenue d'hôpital, par Cazals, épreuve en sanguine ; 2° un portrait gravé à l'eau-forte, épreuve avec remarque ; 3° un portrait gravé sur bois par Maurier, épreuve sur Chine volant ; 4° une curieuse photographie, format carte-album, représentant le poète, à l'heure de l'absinthe, au café François Ier ; cette photographie porte sa signature autographe.

346. VERLAINE (Paul). Les Mémoires d'un veuf, 1 vol. — Mes Hôpitaux, 1 vol. — Mes Prisons, 1 vol. — Épigrammes, 1 vol., front., — Confessions, notes autobiographiques, 1 vol., portr. — Chair, front. de F. Rops, 1 vol. — *Paris, Vanier*, et *La Plume*, 1886-1896 ; ens. 6 vol. in-12, brochés, couv. imp.

Éditions originales. — Beaux exemplaires.

347. VERLAINE (Paul). Œuvres. — Nouvelles éditions, pour la plupart augmentées. — *Paris, Vanier*, 1886-1898 ; 12 vol. in-16 et in-12, brochés, couv. imp.

Comprend : *Fêtes galantes*. — *Romances sans paroles*. — *Les Poètes maudits*. — *Sagesse*. — *Poèmes saturniens*. — *La Bonne chanson*. — *Jadis et naguère*. — *Amour*. — *Choix de poésies*, portr. — *Dédicaces*. — *Verlaine intime*, par Ch. Donos.

348. VERLAINE (Paul). Sagesse. *Paris, V. Palmé ; Bruxelles, Henri Goemaere*, 1881 ; in-8, broché, couv. imp.

Édition originale, très rare. — Exemplaire auquel on a joint un portrait de Verlaine, par F.-A. Cazals, épreuve sur Japon.

349. VIELÉ-GRIFFIN (Francis). La Clarté de vie. — Chansons à l'ombre. — Au gré de l'heure. — In Memoriam. — En Arca-

die. — *Paris, Mercure de France*, 1897, in-12, broché, couv. imp.

Edition originale.

350. VIELÉ-GRIFFIN (Francis). Les Cygnes, nouveaux poèmes (1890-91). — La Chevauchée d'Yeldis et autres poèmes (1892). *Paris, Vanier*, 1892-1893 ; 2 vol. in-12, brochés, couv. imp.

Editions originales.

351. VIELÉ-GRIFFIN (Francis). Poèmes et poésies. — Cueille d'Avril. — Joie. — Les Cygnes. — La Chevauchée d'Yeldis, 1 vol. — Phocas le Jardinier, précédé de Swanhilde, Ancaeus, les fiançailles d'Euphrosine, 1 vol. *Paris, Mercure de France*, 1895-1898 ; env. 2 vol. in-12, brochés, couv. imp.

Premières éditions collectives.

352. VIGNY (Alfred de). Servitude et grandeur militaires. Dessins de Julien Le Blant, gravés à l'eau-forte par Champollion. *Paris, Librairie des Bibliophiles*, 1885, pet. in-8, broché, couv. imp.

De la Bibliothèque Artistique Moderne — Orné de 1 portrait et 6 compositions de J. Le Blant, gravés à l'eau forte et tirés hors texte.

353. VILLARS (P.) L'Angleterre, l'Ecosse et l'Irlande, par P. Villars, 4 cartes en couleurs et 600 gravures, *Paris, A. Quantin, s. d.*, gr. in-8, demi-rel. chag. brun, dos orné, plats toile, fers spéciaux, tr. dor. (Rel. de l'éditeur).

Premier tirage des illustrations de Boudier, Deroy, Danger, Dosso, Libonis, Bourgoin, Lancelot, Dargaud, Gotorbe, Toussaint, Fraipont, etc.

354. VILLIERS DE L'ISLE-ADAM (Auguste de). Akédysséril. *Paris, M. de Brunhoff*, 1886, gr. in-8, broché, couv. imp.

Edition originale, ornée de 1 portrait de Villiers de L'Isle Adam en taille-douce à l'eau-forte, d'un fronstispice par Félicien Rops, d'une vignette et d'un cul-de-lampe.

Tiré à 250 exemplaires sur papier du Japon, avec le frontispice en 3 états : en bleu et en sanguine, avant la lettre, et en noir, avec la lettre ; l'en-tête et le cul-de-lampe en 2 états, dans le texte et en tirage à part, en sanguine.

Exemplaire auquel on a ajouté un portrait de Villiers de l'Isle-Adam sur son lit de mort, dessiné par Franc-Lamy.

355. VILLIERS DE L'ISLE-ADAM (Auguste de). L'Amour suprême. *Paris, de Brunhoff*, 1886, in-12, broché, couv. imp.

Edition originale. — Bel exemplaire portant sur le faux-titre un ***envoi autographe signé de l'auteur et auquel on a ajouté une très intéressante pièce autographe de Villiers de l'Isle-Adam, dans laquelle il déclare s'opposer à la mise en vente du livre et intenter une action contre l'éditeur pour divers griefs qu'il expose longuement.***

356. VILLIERS DE L'ISLE-ADAM (Auguste de) Axël. *Paris, Maison Quantin*, 1890 ; in-8, demi-rel. chag. orangé, tête rouge non rog.

Edition originale. — Exemplaire auquel on a ajouté *une lettre et une carte autographes signées de Villiers de l'Isle-Adam*.

357. VILLIERS DE L'ISLE-ADAM (Auguste de). Chez les Passants. *Paris, Comptoir d'Edition*, 1890; in-12, broché, couv. imp.

Edition originale, ornée d'un frontispice de Félicien Rops. — Bel exemplaire.

358. VILLIERS DE L'ISLE-ADAM (Auguste de). Contes cruels. *Paris, Calmann-Lévy*, 1883, in-12, broché, couv. imp.

Edition originale. — Bel exemplaire.

359. **VILLIERS DE L'ISLE-ADAM (Auguste de)**. Elën, drame en trois actes, en prose. Deuxième édition. *Saint-Brieuc, imp. Guyon-Francisque*, 1866, in-8, broché, couv. imp.

Exemplaire portant sur le titre l'envoi autographe suivant : « *A mon bon combattant Delannoy, souvenir d'une cordiale et reconnaissante amitié. A. Villiers de l'Isle-Adam.* » De toute rareté.

360. **VILLIERS DE L'ISLE-ADAM (Auguste de)**. Isis. *Paris, Dentu*, 1862; in-8, broché, couv. imp.

Edition originale. Très rare. Exemplaire portant sur le faux-titre un envoi autographe signé de l'auteur.

361. **VILLIERS DE L'ISLE-ADAM (Auguste de)**. Morgane, drame en cinq actes et en prose. *Saint-Brieuc, imp. Guyon-Francisque*, 1866; in-8, broché, couv. imp.

Edition originale, de la plus grande rareté, n'ayant été tirée qu'à très petit nombre et non mise dans le commerce.

Exemplaire portant sur le faux-titre l'envoi autographe suivant : « *A Mademoiselle Agar, ce premier exemplaire d'une œuvre qu'elle a bien voulu me demander. Comte Auguste Villiers de l'Isle-Adam.* »

362. **VILLIERS DE L'ISLE-ADAM (Auguste de)**. L'Eléphant sacré à Londres. *S. l. n. d.* (1885); plaq. in-4, demi-rel. mar. citron jans. non rog.

MANUSCRIT ORIGINAL *d'une nouvelle peu connue* de VILLIERS DE L'ISLE-ADAM. Il comprend 5 ff. in-4. — On y a ajouté le texte imprimé de la nouvelle qui parut dans la *Revue Illustrée* sous le titre de *La Légende de l'Eléphant blanc*; ainsi qu'une *lettre autographe signée de l'auteur* qui y est relative.

363. VILLIERS DE L'ISLE-ADAM (Auguste de). Le Nouveau-Monde, drame en 5 actes, en prose, couronné au Concours institué en l'honneur du centenaire de la proclamation de l'indépendance des Etats-Unis. *Paris, Richard et Cie*, 1880; in-8, broché, couv. imp.

Edition originale.

364. VILLIERS DE L'ISLE-ADAM (Auguste de). L'Eve future. *Paris, de Brunhoff*, 1886; in-12, broché, couv. ill.

Edition originale.

Bel exemplaire auquel on a ajouté un faux-titre du même ouvrage portant un envoi autographe signé de Villiers de l'Isle-Adam.

365. VILLIERS DE L'ISLE-ADAM (Auguste de). Histoires insolites. *Paris, Librairie Moderne*, 1888; in-12, broché, couv. imp.

Edition originale.
Un des 10 exemplaires num. sur papier de Hollande, portant sur le faux-titre un envoi autographe signé de Villiers de l'Isle-Adam à Gustave Guiches.

366. VILLIERS DE L'ISLE-ADAM (Auguste de). Histoires souveraines. *Bruxelles, Edm. Deman*, 1899, gr. in-8, broché, couv. imp.

Edition originale. Exemplaire sur papier vergé.

367. VILLIERS DE L'ISLE-ADAM (Auguste de). Nouveaux Contes cruels. *Paris, Librairie Illustrée*, s. d.; in-18. — Nouveaux Contes cruels et Propos d'au delà. *Paris, Calmann-Lévy*, 1893; in-12. — Ens. 2 vol., brochés, couv. imp.

Edition originale des *Nouveaux Contes cruels* et des *Propos d'au delà*.

368. **VILLIERS DE L'ISLE-ADAM (Auguste de).** Premières Poésies, 1856-1858. — Fantaisies nocturnes. — Hermosa. — Les Préludes. — Chant du Calvaire. — *Lyon, N. Scheuring*, 1859, in-8, broché, couv. imp.

Edition originale, imprimée à petit nombre sur papier vergé teinté, par Louis Perrin. — Rare. — Bel exemplaire.

369. VILLIERS DE L'ISLE-ADAM (Auguste de). Tribulat Bonhomet. *Paris, Tresse et Stock*, s. d., in-12, broché, couv. impr.

Edition originale (Le faux-titre manque).

370. VILLIERS DE L'ISLE-ADAM (Auguste de). La Révolte, drame en un acte, en prose. *Paris, Lemerre*, 1870; plaq. in-12. — L'Evasion, drame en un acte, en prose, *Paris, Tresse et Stock*, 1891; plaq. in-12. — Elën, drame en trois actes, en prose. Nouvelle édition; *Paris, Chamuel*, 1896; in-8, portr. — Isis, roman. *Paris et Bruxelles*, 1900; in-12. — Ens. 4 vol. brochés, couv. imp.

Les deux premières pièces sont en édition originale.

371. WILLETTE (A.). Pauvre Pierrot. *Paris, M. Magnier et Cie*, s. d.; in-4, en ff. dans un carton.

Album de 40 planches de reproductions héliographiques sur cuivre, imprimées en taille-douce.
Exemplaire sur papier vergé.

372. WILLY. Claudine à Paris. — *Paris, Ollendorff*, 1901;

****

1 vol. — Claudine en ménage, *Paris, Mercure de France*, 1902, 1 vol. — Ens. 2 vol. in-12, brochés, couv. imp.

Editions originales.

373. YRIARTE (Charles). Goya. — Sa biographie, les fresques, les toiles, les tapisseries, les eaux-fortes et le catalogue de l'œuvre avec cinquante planches inédites d'après les copies de Tabar, Bocourt et Ch. Yriarte. *Paris, Plon*, 1867; gr. in-8, débroché, couv. imp. — Paul LEFORT. Franscisco Goya, étude biographique et critique suivie de l'essai d'un catalogue raisonné de son œuvre gravé et lithographié, *Paris, Renouard*, 1877; in-8, broché, couv. imp.

374. ZO D'AXA. Suite réimposée des dessins de Steinlein, Willette, Léandre, Hermann-Paul, Couturier, Anquetin, Luce, insérés dans *les Feuilles* de Zo d'Axa, *Paris, Société libre d'Edition des Gens de Lettres*, 1900; in-4, en ff., couv, imp.

Une des 57 suites sur Chine volant de ces 28 dessins.

375. ZO D'AXA. De Mazas à Jérusalem. Dessins de Lucien Pissarro, Steinlen, Félix Vallotton, 1 vol. — En dehors, 1 vol. *Paris, Chamuel*, 1895-1896; ens. 2 vol. in-12, brochés, couv. imp.

Editions originales.

376. ZOLA (Émile). Ed. Manet. Etude biographique et critique, accompagnée d'un portrait d'Ed. Manet, par Bracquemond et d'une eau-forte d'Ed. Manet, d'après *Olympia*. *Paris, Dentu*, 1867; plaq. in-8, brochée, couv. imp.

Edition originale.
Bel exemplaire.

377. ZOLA (Émile). Le Rêve, 1 vol. — La Débâcle, 1 vol. — Le Docteur Pascal, 1 vol. — La Vérité en marche, 1 vol. *Paris, Charpentier et Fasquelle*, 1888-1901; ens. 4 vol. in-12, brochés, couv. imp.

Editions originales.

378. ZOLA (Emile). Les Quatre Evangiles: Fécondité. — Travail. — Vérité. *Paris, Fasquelle*, 1899-1903; ens. 3 vol. in-12, brochés, couv. imp.

Editions originales.

379. ZOLA (Emile). Les Trois Villes. — Lourdes. — Rome. — Paris. — *Paris, Fasquelle*, 1894-1898; ens. 3 vol., in-12 brochés, couv. imp.

Editions originales.

MANUSCRITS ET AUTOGRAPHES

380. BAUDELAIRE (Charles). Lettre autographe signée, datée du 5 juillet 1865 (adressée à Vitu ?); 18 lignes en 1 p. in-8.

Intéressante lettre dans laquelle le poète demande à son ami de lui procurer un permis de circulation gratuit pour le parcours Paris-Honfleur et retour et Paris-Bruxelles et retour.

381. DESCAVES (Lucien). Petites causes du jour. — Paul Verlaine. — Pièce autographe signée L. D. — 30 lignes en 1 p., gr. in-8.

Manuscrit autographe, avec corrections, d'un article relatif à Paul Verlaine.

382. DUMAINE (L.). Lettre autographe signée, datée du 14 septembre 1886; 2 pp. pet. in-8°.

Intéressante lettre relative à des billets de faveur pour la représentation de *Patrie*. — On y a joint un billet du même, plus laconique, relatif au même objet. — Ens. 2 pièces.

383. **EX-LIBRIS** de Charles Baudelaire, gravé à l'eau-forte, non signé; in-18.

Belle épreuve sur papier de Hollande de cette pièce très rare. — Grandes marges (0m145 sur 0m098).

384. **EX-LIBRIS** d'Alfred de Musset, gravé à l'eau-forte, non signé.

Belle épreuve, sur papier de Hollande, de cette pièce rare. — Grandes marges (0m145 sur 0m098).

385. FRANCE (Anatole). Lettre autographe signée, datée du 1er juin 1895, adressée à Charles Morice; 20 lignes en 2 p. pet. in-8, avec enveloppe et cachet.

Jolie lettre.

386. HUYSMANS (J.-K.). Carte autographe signée, datée du 7 septembre 1896; 16 lignes en 1 p. 1/2, pet. in-12, avec enveloppe.

Intéressante lettre relative à sa préface de « *En Route* ».

387. LOUYS (Pierre). Carte autographe signée adressée à Pierre Duffau (avec son enveloppe).

L'auteur d'*Aphrodite* fixe très aimablement un rendez-vous à son correspondant.

388. MALLARMÉ (Stéphane). Lettre autographe signée; 23 lignes en 2 pp. in-18.

Lettre relative à Villiers de l'Isle-Adam et à une édition d'*Axël* préparée par Vanier.

389. RAMEAU (Jean). Un empoisonnement au XXIe siècle (Extrait de « Fantasmagories »); 8 pp. in-12.

Épreuves définitives d'une très humoristique nouvelle, portant, à la fin, la signature autographe de Jean Rameau.

390. REDON (Odilon). Lettre autographe signée, adressée à Charles Morice, datée du 11 avril 1894; 1 p. pet. in-8°, signée.

391. RODIN (Auguste). Lettre autographe signée, datée du 26 septembre 1894, 39 lignes en 2 pp. in-8.

Belle et intéressante lettre, adressée confidentiellement à un ami, dans laquelle il l'entretient de l'exécution de son *Balzac*.

392. ROINARD (Paul). Pièce de vers autographe, intitulée « Triolets »; 44 vers en une page pet. in-4°.

Jolie poésie inédite.

393. THEATRE. 6 pièces autographes relatives à des billets de faveur.

Comprend : 2 cartes de Victorien Sardou, 1 carte de Francès, 1 carte de Pierre Berton, 1 billet de Jean Richepin et 1 billet de Duquesnel, directeur de la Porte-St-Martin, relatif à une loge délivrée au général de Galliffet.

394. VERHAEREN (Emile). Pièce de vers autographe signée, intitulée « L'Idole »; 18 vers en 1 p. in-8.

Belle pièce inédite.

395. VERLAINE (Paul). Billet autographe signé; 3 pp. in-18.

Billet au crayon demandant un envoi de fonds dont le poète dit avoir un besoin urgent.

A la fin de la 2e vacation, le 21 Avril, il sera vendu un certain nombre de lots de bons livres anciens et modernes, brochés et reliés, que le manque de temps n'a pas permis de cataloguer.

PEINTURES

DELACROIX

1. Le Tour (Vue d'Algérie, provient de la vente Chocquet).

MAUFRA

2. Etude.

DESSINS

DELACROIX

3. Cheval de Course.

CONSTANTIN GUYS

4. Sous ce numéro plusieurs dessins.

REDON (Odilon).

5. Les dents de Bérénice, La Druidesse.

RIBOT (Th.).

6. Tête.

ESTAMPES

7. Original de la couverture pour l'Estampe originale, deuxième année (les numéros 7 et 8 seront vendus ensemble.

8. L'ESTAMPE ORIGINALE (3 années).

1re Livraison par :

Anquetin. — Bonnard. — Maurice Denis. — Ibels. — Maurin. — Ranson. — Roussel. — De Toulouse-Lautrec. — Vallotton-Vuillard.

2e par :

Auriol. — Henri Boutet. — Dulac. — Henri Guérard. — Guilloux. — Rachon. — Raffaelli. — Odilon Redon. — Rodin. — Sérusier.

3e par :

Besnard. — H.-P. Dillon. — Fantin-Latour. — Lepère.—Lunois. M. Maufra. — V. Prouvé. —Carloz Schawbe. — Victor Vignon. — Willette.

4e par :
Braquemond. — Carrière. — Chéret. — De Groux. — Pierre Roche. — Puvis de Chavannes. — Renoir. — Henri Rivière. — F. Rops. — Whistler.

5e par :
Bernard. — Duez. — Gandara. — Gœneutte. — Helleu. — Camille Martin. — Camille Pissarro. — Lucien Pissarro. — Henri Somm. — T. P. Wagner.

6e par :
Eugène Delattre. — De Feure. — Guauguin. — Grasset. — Guérard. — Hermann Paul. — Jossot. — Luce. — De Toulouse-Lautrec. — Willette.

7e par :
P.-C. Blache. — Alexandre Charpentier. — Lacoste. — Georges Pissarro. — Prouvé. — Ricketts. — Seguin. — Shannon. — Signac. — Van Rysselberghe.

8e par :
Besnard. — Dulac. — Houdard. — H.-G. Ibels. — Nicholson. — J. Pennel. — Paul Renouard. — Richard Ranet. — Will Rothenstein. — Vallotton.

(3e Année).

9e Livraison par ;
Albert Besnard. — Eugène Carrière. — Alexandre Charpentier. — Walter Crane. — Gandara. — Constantin Meunier. — Camille Pissarro. — Puvis de Chavannes. — H. de Toulouse-Lautrec. — Odilon Redon. — Renoir. — Pierre Roche. — Félicien Rops. — Willette.

ALBUM D'ESTAMPES ORIGINALES

o. Les peintres graveurs, édition Vollard (1re année).
Vingt-deux estampes originales par :
Auriol. — Besnard. — Blanche. — Bonnard. — Carabin. — Denis. — Fantin-Latour. — Guillaumin. — Hermann-Paul. — Knowles. — Leheutre. — Lunois. — Maurin. — Munch. — Redon. — Renoir. — Rippl-Ronaï. — To-Roop. — Rysselberghe. — Suzanne Valadon. — Vallotton. — Vuillard.

(2e Année).

Trente-deux estampes originales, par :
Aman-Jean. — G. Auriol. — Bonnard. — E. Carrière. — Ch. Cottet. — H.-E. Gross. — P. Cézanne. — M. Denis. — M. Eliot. — Fantin-Latour. — De Feure. — J.-L. Forain. — E. Grasset. — A. Guillaumin. — G. Leheutre. — R. Lewisohn. — A. Lunois. — Henri Martin. — C. Maurin. — Lucien Pissaro. — Puvis de Chavannes. — Odilon Redon. — A. Rodin. —

Xavier Roussel. — C.-H. Shannon. — L. Simon. — A. Sisley. — De Toulouse-Lautrec. — E. Vuillard. — T.-P. Wagner, — Whistler.

BESNARD

10. Le Bain.
Lithographie.

CARRIÈRE (E.)

11. Etude de femme accoudée.
Epreuve d'artiste.

CARRIÈRE (E.)

12. Etude.
Epreuve d'artiste imprimée en sanguine.

CARRIÈRE (E.)

13. Edmond de Goncourt.
Epreuve d'artiste, signée.

CARRIÈRE (E.)

14. Verlaine.
Epreuve d'artiste, signée.

CARRIÈRE (E.)

15. Rodin.
Epreuve d'artiste signée.

CARRIÈRE (E.)

16. Henri Rochefort.
Epreuve d'artiste, signée.

CARRIÈRE (E.)

17. Puvis de Chavannes.
Epreuve d'artiste, signée.

CARRIÈRE (E.)

18. Liseuse.
Epreuve d'artiste sur Chine, signée.

DAUMIER

19. La Caricature.
Suite de lithographies.

DEGAS (d'après)

20. L'Etoile.
Fac-simile de pastel.

DEGAS (d'après)

21. Danseuse rattachant son chausson.
Fac-simile de pastel.

DELACROIX (E.)

22. Faust.
Douze lithographies ; belles épreuves.

DELACROIX (E.)

23. Lionne déchirant la poitrine d'un Arabe.
Epreuve tirée en sanguine.

DESBOUTIN

24. Dailly. — Baudelaire.
Deux pièces.

FANTIN-LATOUR

25. Les Brodeuses. — Vénus et l'Amour. -- Baigneuses; lithographies.
Trois pièces, épreuves sur Chine.

GANDARA (De La)

26. Verlaine; lithographie.
Epreuve d'artiste sur Japon, signée.

GRASSET

27. Jeanne d'Arc.
Lithographie.

GRASSET

28. Jeunes filles.
2 lithographies.

GRASSET

29. La Valkyrie.
Lithographie en couleurs avec lettre.

GRASSET

30. Napoléon.
Lithographie en couleurs.

GŒNEUTTE

31. Jeune homme.
Lithographie.

GOYA

32. Les Proverbes.
Suite de lithographies.

GROUX (H. de)

33. Le Vaincu; lithographie.
Epreuve d'artiste sur Japon, signée.

GROUX (H. de)

34. Nid de Chouette; lithographie.
Epreuve d'artiste, signée.

GROUX (H. de)

35. Oiseaux de proie; lithographie.
Epreuve d'artiste sur Japon, signée.

GROUX (H. de)

36. La même estampe.
Epreuve d'artiste sur Japon, signée.

GROUX (H. de)

37. Hercule, d'après Rubens; lithographie.
Epreuve d'artiste sur Japon, signée.

GROUX (H. de)

38. Une séance à l'Académie; lithographie.
Epreuve sur Chine.

GROUX (H. de)

39. Gentilhomme, d'après Rubens; lithographie.
Epreuve d'artiste sur Chine, signée; 2e épreuve.

GROUX (H. de).

40. Saint Gérome; lithographie.
Epreuve d'artiste sur Japon, signée.

HERMANN-PAUL

41. La vie de Monsieur Quelconque
Suite de 10 lithographies.
Album n° 13.

HERMANN-PAUL

42. La vie de Madame Quelconque.
Suite de 10 lithographies.
Album 51.

HERMANN-PAUL

43. Images pour les Demoiselles.
Suite de 18 lithographies.
Album n° 12.

IBELS (H.-G.)

44. L'Amour s'amuse. — Jeanne Bloch. — Affiche, lithographies.
Sept pièces.

LUNOIS (A.)

45. Danseuses espagnoles ; lithographie en couleurs.
Épreuve d'artiste, sur Chine, signée du monogramme.

LUCE

46. Coins de Paris.
Album de lithographies.

MANET (Ed.)

47. Le Corbeau ; texte par Ed. Poë.
Suite complète de 4 lithographies dans la couverture sur parchemin.

MANET (Ed.)

48. Portrait d'après Velasquez.

MANET (Ed.)

49. La Femme au bain ; eau-forte.
Epreuve d'artiste.

MANET (Ed.)

50. La Barricade ; lithographie
Epreuve avant lettre.

MANET (Ed.)

51. Guerre civile ; lithographie.

MANET (Ed.)

52. Les Courses ; lithographie.
Epreuve avant lettre.

MANET (Ed.)

53. Le Gamin ; lithographie.
Epreuve sur Chine.

PUVIS DE CHAVANNES

54. Tête de fillette.
Lithographie.

MAUFRA

55. En Bretagne.
Eau-forte et lithographie dans la couverture de publication.

NANTEUIL (Célestin)

56. Titres de romances ; lithographies.
Quatre pièces.

RAFFAELLI

57. L'homme à la pipe.
Lithographie.

REDON (Odilon)

58. 7 lithographies.

REDON (Odilon)

59. A Gustave Flaubert ; suite complète de 6 lithographies pour la Tentation de Saint-Antoine.
Dans la couverture de publication.

REDON (Odilon)

60. La Tentation de Saint-Antoine.
Suite complète de 10 lithographies dans la couverture de publication.

REDON (Odillon)

61. Songes.
Suite complète de 6 lithographies dans la couverture de publication.

REDON (Odilon)

62. Le Liseur ; lithographie.
Epreuve signée du monogramme.

REDON (Odilon)

63. Yeux clos; lithographie.
Epreuve d'artiste sur Chine, signée.

REDON (Odilon)

64. Vers l'Infini?
Epreuve d'essai.

REDON (Odilon)

65. Perversité — des Esseintes — Pégase, etc.; eaux-fortes et lithographies; cinq pièces.
Epreuves d'artiste.

REDON (Odilon)

66. Pégase captif; lithographie.
Épreuve signée.

RIVIÈRE (Henri)

67. 12 grandes lithographies en couleurs.

RIVIÈRE (Henri)

68. Perros-Guirrec.
Lithographie en couleurs.

RIVIÈRE (Henri)

69. L'Hiver.
Lithographie en couleurs.

ROPS-RASSENFOSSE

70. Gabriel. Planche de croquis; etc.
Quatre pièces, épreuves d'artiste.

STEINLEIN

71. La Rafle.
Lithographie.

STEINLEIN

72. Les Chats.
Lithographie.

STEINLEIN

73. Maman. — Femme de chagrin; lithographies.
Deux pièces, épreuves d'artiste signées.

STEINLEIN

74. Nocturne; lithographie.
Épreuve d'artiste, signée.

STEINLEIN

75. Étude; lithographie.
Épreuve d'artiste, signée.

STEINLEIN

76. Les Etapes de la Vérité; lithographie.
Épreuve d'artiste.

IBELS et H. DE TOULOUSE-LAUTREC

77. Le Café-concert.
Album de lithographies.

TOULOUSE-LAUTREC (H. de)

78. Chanteuse travestie.
Lithographie sur Japon.

TOULOUSE-LAUTREC (H. de)

79. Clair de Lune.
Lithographie en couleurs.

TOULOUSE-LAUTREC (H. de)

80. L'Écuyère.
Lithographie en couleurs.

TOULOUSE-LAUTREC (H. de)

81. Nib.
Supplément de la *Revue Blanche.*

TOULOUSE-LAUTREC (H. de)

82. Le Procès Arton.
Lithographie.

TOULOUSE-LAUTREC (H. de)

83. Les Vieilles Histoires.
Lithographie en couleurs avec la lettre.

TOULOUSE-LAUTREC (H. de)

84. Le Marchand de marrons.
Lithographie signée

TOULOUSE-LAUTREC (H. de)

85. Sagesse.
Lithographie en couleurs.

TOULOUSE-LAUTREC (H. de)

86. Terreur de Grenelle.
Lithographie.

TOULOUSE-LAUTREC (H. de)

87. Marcelle Lender.
Lithographie en couleurs.

TOULOUSE-LAUTREC (H. de)

88. La Goulue et sa sœur.
Lithographie en couleurs.

TOULOUSE-LAUTREC

89. L'Élysée-Montmartre.
Lithographie en couleurs.

TOULOUSE-LAUTREC (H. de)

90. Etude de Nu.
Lithographie.

TOULOUSE-LAUTREC (H. de)

91. Boulevards extérieurs.
Lithographie.

TOULOUSE-LAUTREC (H. de)

92. Le malade.
Lithographie.

TOULOUSE-LAUTREC (H. de,

93. La Blanchisseuse.
Lithographie.

VALLOTTON (F.)

94. La Modiste.
Lithographie.

VALLOTTON (F.)

95. Immortels passés, présents ou futurs.
Suite de 11 lithographies dans la couverture de publication.

VALLOTTON (F.)

96. Portrait. — Le Bon Marché. — Deuxième bureau. — Les chanteurs. — Adresse.
Six pièces, belles épreuves.

WAGNER

97. C'est ma pensée qui pleure; lithographie.
Épreuve d'artiste, signée.

WAGNER

98. Les vagues; lithographie.
Épreuve d'artiste, signée.

VUILLARD

99. Le Square.
Lithographie.

WHISTLER

108. Maréchal ferrant ; lithographie.

WHISTLER

101. Jeune femme au vase; lithographie.

WHISTLER

102. Jeune femme assise dans un fauteuil ; lithographie.

WHISTLER

103. Reproductions de lithographies de l'artiste.
Six pièces.

ZORN (A.)

104. Verlaine.
Épreuve d'artiste.

ZORN

105. La même estampe.
Épreuve d'artiste.

DIVERS

106. Album de la *Revue Blanche*. Dix lithographies par Ibels, Lautrec, Redon, Seruzier, Vallotton, Vuillard, etc.
Dans la couverture de publication.

107. Gravures et dessins en lots, et objets non catalogués.

Imprimerie spéciale
de la Revue "*ART & CURIOSITE*". 22. rue des Martyrs. — Paris
Atelier : 35-37, rue Saint-Lazare

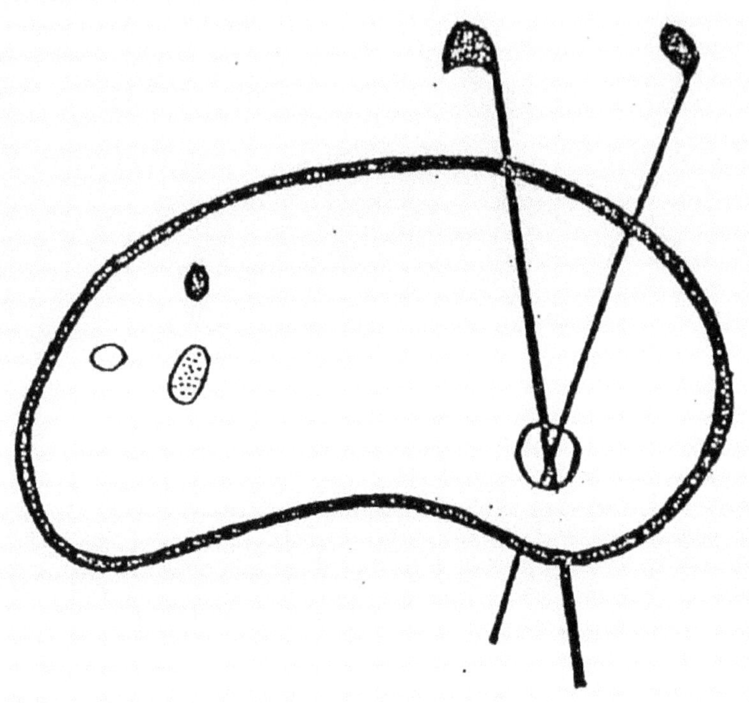

RED. :

20

BIBLIOTHEQUE NATIONALE DE FRANCE

****

CHATEAU DE SABLE

1996

www.ingramcontent.com/pod-product-compliance
Ingram Content Group UK Ltd.
Pitfield, Milton Keynes, MK11 3LW, UK
UKHW021312190726
13839UKWH00007B/1190